Carlo Goldoni

Il ritorno dalla villeggiatura

IL RITORNO DALLA VILLEGGIATURA

di Carlo Goldoni

Commedia in tre atti.

(1761)

PERSONAGGI

Filippo

Giacinta

Leonardo

Vittoria

Guglielmo

Costanza

Rosina

Tognino

Bernardino, *zio di Leonardo*

Fulgenzio

Ferdinando

Brigida

Paolino

Cecco

Servitori

La scena si rappresenta, come nella prima, parte in casa di Filippo, e parte in casa di Leonardo.

L'autore a chi legge

Non trovo che gli Autori antichi, né gli Autori moderni, si siano molto divertiti a comporre più di una Commedia sullo stesso soggetto. Non conosco che il *Menteur* e *la Suite du Menteur*, due Commedie che *Cornelio* ha in parte tradotte ed in parte imitate dallo spagnuolo *Lopez de Vega*. Ma mi sia permesso di dire che il *Seguito del Bugiardo* non ha niente che fare colla commedia che lo precede. È vero che *Damone*, il Bugiardo, e *Clitone* suo servitore sono i medesimi personaggi nell'una e nell'altra, che si parla nella seconda di qualche avventura della prima, ma il soggetto è differentissimo, e il carattere dello stesso Bugiardo è cangiato: poiché nella prima commedia Damone mente per difetto, e nella seconda mente per generosità, e quasi per una indispensabile necessità. Io non ho inteso dunque d'imitare alcuno, allora quando ho cominciato a tentare una seconda Commedia in seguito di una prima, ed anche una terza in seguito delle altre due. La prima volta che ciò mi accadde, fu dopo l'esito fortunato della *Putta onorata*, Commedia Veneziana, alla quale feci succedere la *Buona Moglie*. *Pamela* e *Pamela maritata* sono due Commedie che hanno la stessa continuazione. Animato dalla buona riuscita di due Commedie consecutive, ho tentato le tre. Ciò mi è riuscito felicemente nelle *Tre Persiane*, di modo che il pubblico attendeva e domandava la quarta, e sempre più incoraggiato dall'esito fortunato, ho composto collo stesso legame le tre Commedie presenti; con questa differenza però, che le altre le ho immaginate una dopo dell'altra, e queste tutte e tre in una volta.

Qual difficoltà (dirà forse taluno) è il compor tre Commedie sullo stesso soggetto? Quelle che ora tu doni al Pubblico, non formano che una sola Commedia, in nove atti divisa. *Calisto e Melibea* è una Commedia Spagnuola in quindici atti; non è maraviglia che tu ne abbia composta una in nove. Risponderei a chi parlasse in tal guisa, che *Calisto e Melibea* non potrebbe rappresentarsi in una sera, e non potrebbe dividersi in tre rappresentazioni; poiché l'azione di questa Commedia, irregolare e scandalosa, non è suscettibile di divisione alcuna. Ciascheduna delle mie tre Commedie principia all'incontro, e finisce, di maniera che se uno ne vede la seconda, e non ha veduto la prima, può esser contento, trovando una Commedia intelligibile, principiata e finita, e lo stesso si può dir della terza.

Egli è vero che alla fine della seconda questa terza è promessa, ed ho lasciato ad arte qualche cosa indecisa per continuare il soggetto nella seguente; ma con dieci righe di più si poteva nella seconda terminare l'azione perfettamente. Ho voluto lasciarmi libero il campo per una terza Commedia, la quale servisse come di conclusione alle due precedenti, per provare la follia delle smoderate villeggiature. Figurano in questa tutti i Personaggi della prima e della seconda, alla riserva di *Sabina*, che resta a Montenero, ma non è scordata del tutto, poiché una lettera arriva a tempo per farcela risovvenire.

Questa continuazion dei caratteri, degl'interessi e delle passioni non dovrebbe sembrare indifferente e di poca fatica a chi ha qualche tintura di questa sorta di Componimenti teatrali.

Mi resta a dir qualche cosa sul personaggio di *Bernardino*, novellamente in questa Commedia introdotto. Un personaggio che non ha che una scena sola, se non è un Servitore, un Notaro, un Messo, o cosa simile, pare debba essere un personaggio o inutile, o mal introdotto. Vedrà il Lettore che non è inutile, e comprenderà facilmente che un carattere odioso, come quello di Bernardino, può essere sofferto e anche goduto in una Scena; ma diverrebbe noioso ed insopportabile, se una seconda volta si rivedesse.

SCENA PRIMA

Camera in casa di Leonardo.

Leonardo, poi Cecco.

LEONARDO: Tre giorni ch'io son tornato in Livorno, e la signora Giacinta e il signor Filippo non si veggiono. Mi hanno promesso, s'io non ritornava subito a Montenero, che sarebbero qui rivenuti bentosto, e non vengono, e non mi scrivono, e ho loro scritto, e non mi rispondono. La mia lettera l'avranno ricevuta ieri. Oggi dovrei aver la risposta. Ma l'ora è passata; dovrei averla già avuta. Se non iscrivono, probabilmente verranno.

CECCO: Signore.

LEONARDO: Che cosa c è?

CECCO: È domandato.

LEONARDO: E da chi?

CECCO: È un giovane che ha una polizza in mano. Credo sia il giovane del droghiere.

LEONARDO: Perché non dirgli ch'io non ci sono?

CECCO: Gliel'ho detto ieri e l'altr'ieri, com'ella mi ha comandato: ma vedendolo venire tre o quattro volte il giorno, è meglio ch'ella lo riceva, e lo spicci poi come vuole.

LEONARDO: Va, digli che ho dato ordine a Paolino che saldi il conto. Che aspettasi a momenti da Montenero, e subito che sarà ritornato, lo salderà.

CECCO: Sì, signore. (*Parte.*)

LEONARDO: Ah! le cose mie vanno sempre di male in peggio. Quest'anno poi la villeggiatura mi è costata ancor più del solito.

CECCO: Signore, è qui quello della cera.

LEONARDO: Ma bestia, perché non dirgli che non ci sono?

CECCO: Ho detto secondo il solito: vedrò se c'è, non so se ci sia; ed egli ha detto: se non c'è, ho ordine di aspettarlo qui fin che torna.

LEONARDO: Questa è un'impertinenza. Digli che lasci il conto, che manderò al negozio a pagarlo.

CECCO: Benissimo, glielo dirò. (*Parte.*)

LEONARDO: Pare che costoro non abbiano altro che fare; pare che non abbiano pan da mangiare. Sono sempre coll'arco teso a ferire il cuore de' galantuomini che non hanno con che pagare.

CECCO: Anche questi se n'è andato poco contento, ma se n'è andato. Ecco il conto. (*Dà il conto a Leonardo.*)

LEONARDO: Sieno maledetti i conti. (*Straccia il conto.*)

CECCO: (Conto stracciato, debito saldato).

LEONARDO: Va un po' a vedere dal signor Filippo, se fossero per avventura arrivati.

CECCO: La servo subito. (*Parte.*)

LEONARDO: Sono impazientissimo. In primo luogo per l'amore ch'io porto a quell'ingrata, a quella barbara di Giacinta; secondariamente, nello stato in cui sono, l'unico mio risorgimento potrebbe essere la sua dote.

CECCO: Signore...

LEONARDO: Spicciati; perché non vai dove ti ho mandato?

CECCO: Vi è un'altra novità, signore.

LEONARDO: E che cosa c è?

CECCO: Osservi. Una citazione.

LEONARDO: Io non so niente di citazioni. Io non accetto le citazioni: che la portino al mio procuratore.

CECCO: Il procuratore non è in città.

LEONARDO: E dov'è andato?

CECCO: È andato in villeggiatura.

LEONARDO: Cospetto! anche il mio procuratore in villeggiatura? Abbandona anch'egli per il divertimento gl'interessi propri e quelli de' suoi clienti! Io lo pago, gli do il salario, lascio di pagare ogni altro per pagar lui, fidandomi ch'ei m'assista, ch'ei mi difenda; e quando preme, non c'è, non si trova, è in villeggiatura? A me una citazione? Dov'è il messo che l'ha portata?

CECCO: Oh! il messo è partito. L'ha consegnata a me; ha notato nel suo libretto il mio nome, ed è immediatamente partito.

LEONARDO: Io non so che mi fare, aspetterò che torni il procuratore. Orsù, affrettati. Va a vedere se son tornati.

CECCO: Vado immediatamente. (*Parte.*)

LEONARDO: Sempre guai, sempre citazioni, sempre ricorsi. Ma giusto cielo! s'io non ne ho. E mi vogliono tormentare, e vogliono obbligarmi a quel ch'io non posso fare. Abbiano un po' di pazienza, li pagherò. Se sarò in istato di poterli pagare, li pagherò.

CECCO: Signore, nello scendere le scale ho incontrato appunto il servitore del signor Filippo, che veniva per dar parte a lei ed alla signora Vittoria che sono ritornati a Livorno.

LEONARDO: Fallo venire innanzi.

CECCO: È partito subito. Mi ha fatto vedere una lista di trentasette case, alle quali prima del mezzogiorno ha da partecipare l'arrivo loro.

LEONARDO: Portami il cappello e la spada.

CECCO: Sì, signore. (*Parte.*)

LEONARDO: Sono impazientissimo di riveder Giacinta. Chi sa qual accoglimento mi farà ella in Livorno, dopo le cose occorse in campagna? Guglielmo tuttavia differisce a far la scritta con mia sorella. Sono in un mare d'agitazioni, e di più mi affliggono i debiti, mi tormentano i creditori.

CECCO: Eccola servita. (Gli dà la spada e il cappello.)

LEONARDO: Guarda se c'è nessuno in sala, o per le scale, o in terreno.

CECCO: Sì, signore. (*Parte.*)

LEONARDO: Ho sempre timore d'incontrar qualcheduno che mi faccia arrossire. Converrà, per andare dal signor Filippo, che allunghi la strada il doppio, per non passare dalle botteghe de' creditori.

CECCO: Signore, vi sono due che l'aspettano.

LEONARDO: M'aspettano? Sanno eglino che ci sono?

CECCO: Lo sanno, perché quello sciocco di Berto ha detto loro che c'è.

LEONARDO: E chi sono costoro?

CECCO: Il sarto e il calzolaio.

LEONARDO: Licenziali; fa che vadano via.

CECCO:	E che cosa vuole ch'io loro dica?
LEONARDO:	Di' tutto quello che vuoi.
CECCO:	Non potrebbe dar loro qualche cosa a conto?
LEONARDO:	Mandali via, ti dico.
CECCO:	Signore, è impossibile. Costoro me l'hanno fatta dell'altre volte. Sono capaci di star qui fino a sera.
LEONARDO:	Hai tu le chiavi della porticina segreta?
CECCO:	Sono sulla porta, signore.
LEONARDO:	Bene; andrò per di là.
CECCO:	Badi che la scala è oscura, è precipitosa.
LEONARDO:	Non importa; voglio andar via per di là.
CECCO:	Sarà piena di ragnatele, si sporcherà il vestito.
LEONARDO:	Poco male; non preme. (*In atto di partire.*)
CECCO:	E vuol che stieno colà ad aspettare?
LEONARDO:	Sì, che aspettino fin che il diavolo se li porti. (*Parte.*)

<u>SCENA SECONDA</u>

Cecco, poi Vittoria.

CECCO:	Ecco i deliziosi frutti della bella villeggiatura.
VITTORIA:	Dov'è mio fratello?
CECCO:	Non c'è, è andato via. (*Piano.*)
VITTORIA:	Perché lo dici piano, che è andato via?
CECCO:	Perché non sentino certe persone che sono in sala.
VITTORIA:	Se sono in sala, l'avranno veduto a partirsi.

CECCO:	Non signora, è andato per la porta segreta.
VITTORIA:	Questa mi pare una scioccheria, un'increanza. Ha delle visite in sala, e va via senza riceverle, e senza almen congedarle? Se sono persone di garbo, le riceverò io.
CECCO:	Le vuol ricever ella, signora?
VITTORIA:	Sì! chi son eglino?
CECCO:	Il sarto ed il calzolaro.
VITTORIA:	Di chi?
CECCO:	Del padrone.
VITTORIA:	E che cosa vogliono?
CECCO:	Niente altro che ricevere il saldo de' loro conti.
VITTORIA:	E perché mio fratello non li ha soddisfatti?
CECCO:	Io credo ch'egli presentemente non si ritrovi in grado di farlo.
VITTORIA:	(Poveri noi!). Bada bene, non lo dir a nessuno; procura anzi che non si sappia. Vedi di mandar via quella gente con delle buone parole, che non s'abbiano a lamentare e che non facciano perdere la riputazione alla casa. Mio fratello non la vuol intendere, che quando si ha da dare, bisogna pagare o pregare.
CECCO:	(Parla assai bene la mia padrona. Ma anch'ella non opera come parla).
VITTORIA:	E dove è andato il signor Leonardo?
CECCO:	A far visita alla signora Giacinta.
VITTORIA:	È ritornata?
CECCO:	Sì, signora.
VITTORIA:	Quando?
CECCO:	Questa mattina.
VITTORIA:	Ed a me non ha mandato a dir niente? (*Con isdegno.*)
CECCO:	Sì, signora. Ha mandato il servitore coll'imbasciata per il padrone e per lei.
VITTORIA:	E perché non dirmelo?
CECCO:	Perdoni. Sono mezzo stordito. S'ella sapesse quanti imbrogli ci sono stati questa mattina.

VITTORIA:	Mi pareva impossibile che avesse trascurato di far con me il suo dovere.
CECCO:	Sento dello strepito in sala. Con sua licenza.
VITTORIA:	Cacciate via quei bricconi.
CECCO:	(Eh! già, ci s'intende. I poveri operai, quando domandano il sangue loro, sono tutti bricconi). (*Parte.*)
VITTORIA:	Converrà ch'io vada a farle una visita. Come ultima ritornata, converrà ch'io sia la prima a complimentarla. Vi anderò, ma vi anderò di malanimo. Non l'ho mai potuta soffrire; ma ora poi, dopo le coserelle che nate sono in villeggiatura, quando mi viene in mente, mi si rimescola tutto il sangue. Guglielmo non ha ancora voluto firmar la scritta. Pochissimo si lascia da me vedere; sono in una agitazione grandissima.
CECCO:	Signora, è venuto il signor Fulgenzio. Ha domandato del padrone; gli ho detto che non c'è, ed ei lo vorrebbe aspettare. Se ella lo volesse ricevere...
VITTORIA:	Sì, sì, venga pure. Sono andati via coloro?
CECCO:	Parlano col signor Fulgenzio. (*Parte.*)
VITTORIA:	Ho piacere di parlare con questo vecchio, che ci ha fatto perdere sul più bello il piacere della campagna.

SCENA TERZA

Fulgenzio e la suddetta.

FULGENZIO:	(Povera casa! In che stato sei tu ridotta!).
VITTORIA:	Bravo, bravo, signor Fulgenzio.
FULGENZIO:	Servitor suo, signora Vittoria.
VITTORIA:	Che voglia è venuta a vossignoria di scrivere a mio fratello che nostro zio stava mal per morire, per farci venire a Livorno a rotta di collo?
FULGENZIO:	Io, dacché siete di qua partiti, non ho scritto una riga a vostro fratello; e vostro zio sta benissimo di salute, ed io in tal proposito non so quello che vi diciate.
VITTORIA:	Ma la lettera l'ho veduta io.

FULGENZIO: Che lettera avete veduto?

VITTORIA: Quella che fu scritta da voi.

FULGENZIO: A chi?

VITTORIA: A mio fratello.

FULGENZIO: Signora, io dubito che ve lo abbiate sognato.

VITTORIA: Come sognato, se siamo corsi a Livorno per essere a tempo, pria che spirasse lo zio?

FULGENZIO: E chi vi ha detto questa bestialità?

VITTORIA: La vostra lettera.

FULGENZIO: Cospetto! voi mi fareste uscire de' gangheri. Vi dico ch'io non l'ho scritta, e non poteva ciò scrivere, e non l'ho scritta. (*Con isdegno.*)

VITTORIA: Ma che può essere dunque questa faccenda?

FULGENZIO: Che può essere? Ve lo dirò io: cabale, invenzioni, alzature d'ingegno.

VITTORIA: E di chi?

FULGENZIO: Di vostro fratello.

VITTORIA: Come di mio fratello?

FULGENZIO: Sì, di lui, che ha menato finora una vita la più pazza, la più disordinata del mondo. Mi era stato detto da qualcheduno che le cose sue andavano per la mala strada; ma non credeva ch'ei fosse giunto a tal segno. Mi pento di essere entrato nell'affare di questo suo matrimonio; di aver colle mie parole accreditato in faccia del signor Filippo un uomo che non merita la sua figliuola.

VITTORIA: Signor Fulgenzio, ella è un signore di garbo, le sono obbligata del panegirico che ci ha fatto, e della buona intenzione che ha di precipitar mio fratello.

FULGENZIO: Si è precipitato da sé. Io sono portato per far del bene; ma quando però il bene di uno non rechi danno o disonore ad un altro.

VITTORIA: Se foste portato per far del bene, procurereste almeno di liberare ora la nostra casa da questi insolenti, che per poche monete mettono a repentaglio la nostra riputazione.

FULGENZIO: Fin qui ho potuto farlo, e l'ho fatto. In grazia mia si sono tutti partiti. Non ho fatto loro la sicurtà, perché non sono sì pazzo; ma con delle buone parole mi è riuscito far che si partissero, e sospendessero quella risoluzione che avevano in animo di voler prendere. Ma, signora mia, se non possono essere pagati, non gl'insultate almeno, non dite loro insolenti. Quando vostro fratello ha avuto d'essi bisogno, li ha maltrattati, li ha insultati; oppure con carezze, con parole dolci, con buone grazie ha cercato blandirli, allettarli, per essere servito, e servito bene? Ed ora che vengono per la quinta, sesta o settima volta a chiedere le loro mercedi, e perdono le loro giornate per essere stentatamente pagati, il fratello s'asconde e la sorella gl'insulta? È una ingiustizia, è una ingratitudine, è una tirannia.

VITTORIA: A me non serve che facciate di tai sermoni.

FULGENZIO: Sì, lo so benissimo. È un predicare a' sordi.

VITTORIA: Fateli a mio fratello, che ne ha più bisogno di me.

FULGENZIO: E dov'è egli vostro fratello?

VITTORIA: È andato a far visita alla signora Giacinta.

FULGENZIO: Sono anch'eglino ritornati? Ho piacere...

VITTORIA: Avvertite di non andar colà a far degli strepiti fuor di proposito.

FULGENZIO: Farò tutto quello che crederò dover fare.

VITTORIA: Non vi mettete all'azzardo di far disciogliere un contratto di matrimonio, ché queste cose non si possono fare.

FULGENZIO: Eh! signora mia... scusatemi... Sapete cosa non si dee fare? Spendere più di quel che si può; far debiti per divertirsi; e stancheggiare e vilipendere i creditori. (*Parte.*)

SCENA QUARTA

Vittoria, poi Ferdinando.

VITTORIA: Non si può dire ch'ei non dica la verità. Ma quando tocca, dispiace.

FERDINANDO: Chi è qui? C'è nessuno? (*Di dentro.*)

VITTORIA: Oh! il signor Ferdinando. Saprò da lui qualche novità. Venga, venga, signore: ci sono io.

FERDINANDO: M'inchino alla signora Vittoria.

VITTORIA: Serva sua. Ben tornato.

FERDINANDO: Obbligatissimo. Ma non mi credea di dover ritornare sì presto.

VITTORIA: Sarete venuto col signor Filippo e colla signora Giacinta.

FERDINANDO: Sì, e si è fatto un viaggio così piacevole, che se durava due ore di più, mi veniva la febbre.

VITTORIA: E perché?

FERDINANDO: Perché la signora Giacinta non faceva che sospirare. Il signor Filippo ha dormito da Montenero sino a Livorno. La cameriera piangeva il morto; ed io ho patito una noia infinita.

VITTORIA: E che aveva la signora Giacinta che sospirava?

FERDINANDO: Aveva, aveva... delle pazzie per il capo, tante e poi tante, che io ne ho vergogna per parte sua.

VITTORIA: Ma in che consistono le sue pazzie?

FERDINANDO: Parliamo d'altro. L'avete saputa la nuova?

VITTORIA: Di che?

FERDINANDO: Di Tognino.

VITTORIA: Del figliuolo del signor dottore?

FERDINANDO: Sì; è tornato suo padre. Ha saputo che voleva sposare quella ragazza. L'ha cacciato di casa, e non sapeva dove andar a mangiare e a dormire. La signora Costanza, che non vorrebbe che il matrimonio della nipote le costasse un quattrino, si è fatta pregare a riceverlo. Finalmente non ha potuto fare di meno. L'ha messo a dormire col servitore, gli dà la tavola; ma c'è poco da sbattere, ed il ragazzo è di buona bocca. Oggi dicevano di voler venire a Livorno, ed intendono di condur seco loro Tognino e mover lite a suo padre per gli alimenti, farlo sposar la fanciulla, e poi addottorarlo nell'università de' balordi.

VITTORIA: L'istoriella è graziosa, ma non m'interessa gran fatto. Vorrei che mi diceste qualche cosa intorno la melanconia della signora Giacinta.

FERDINANDO: Io, compatitemi, non soglio entrare ne' fatti altrui.

VITTORIA: Ci siete entrato tanto, che basta per pormi in sospetto, e siete in obbligo di disingannarmi.

FERDINANDO: E di che cosa potete voi sospettare?

VITTORIA: Di quello che ho sospettato, anche prima di partire da Montenero.

FERDINANDO: Io non so che pensaste allora, né quel che pensiate adesso.

VITTORIA: S'ella sospira, avrà qualche cosa che la molesta.

FERDINANDO: Naturalmente.

VITTORIA: Per mio fratello non crederei ch'ella sospirasse.

FERDINANDO: Oh! non mi è mai passato per mente di credere che ella sospirasse per lui.

VITTORIA: E per chi dunque?

FERDINANDO: Chi sa? Non potrebbe ella sospirare per me? (*Ridendo.*)

VITTORIA: Eh! no, per voi no; sospirerà forse per qualcun altro.

FERDINANDO: A proposito. Ho perduto l'amante. La signora Sabina non mi vuol più. Dopo che le ho parlato di donazione, s'è affrontata, s'è fieramente sdegnata, e non ha più voluto nemmen vedermi; anzi, sentite s'ella è da ridere: per timore di dover venire con me, non ha voluto venire a Livorno. È restata lì a Montenero, e credo che ora si vergogni delle sue ragazzate e non voglia più venire in città, per non essere posta in ridicolo da tutto il mondo.

VITTORIA: E voi avete il merito d'aver fatto sì buona opera.

FERDINANDO: Io ho inteso di divertirmi, e di divertir la conversazione.

VITTORIA: Lodatevi, che avete ragione di farlo. (*Ironica.*)

FERDINANDO: Non mi pare di aver fatto cosa che meriti di essere criticata. Peggio assai mi parerebbe s'io tenessi a bada due fanciulle da marito, e fingessi d'amarne una per coprire la mia passion per un'altra.

VITTORIA: E dove vanno a battere queste vostre parole?

FERDINANDO: Battono nell'aria e lascio che l'aria le porti dove le vuol portare.

VITTORIA: Sono parole le vostre orribili, velenose; parole che mi passano il cuore.

FERDINANDO: E che cosa c'entrate voi? Io non le ho dette per voi.

VITTORIA: E perché sospirava la signora Giacinta?

FERDINANDO: Domandatelo a lei.

VITTORIA: E chi è che tiene a bada due fanciulle?

FERDINANDO: Domandatelo a lui.

VITTORIA: E chi è questo lui?

FERDINANDO:	Il signor *lui* in caso obbliquo, è il signor *egli* in caso retto. Nominativo *hic*, *egli*, genitivo *huius*, *di lui*. Signora Vittoria, ella mi pare di cattivo umore questa mattina. All'onore di riverirla; vado al caffè, dove mi aspettano i curiosi di sapere le avventure di Montenero. Ho da discorrerne per due settimane. Ho da divertire Livorno. Ho da far ridere mezzo mondo. (*Parte.*)
VITTORIA:	Oh lingua indemoniata! Si può sentire di peggio? Mi ha posto mille pulci nel capo. Ho da gran tempo de' sospetti, de' dubbi, de' batticuori. Costui ha finito di rovinarmi. Ho male in casa, vanno mal gl'interessi, sto pessimamente nel cuore. Povera me! Sconto bene il piacere della villeggiatura. Meglio per me ch'io non ci fossi nemmeno andata! (*Parte.*)

SCENA QUINTA

Camera in casa di Filippo.

Giacinta e Brigida.

BRIGIDA:	Via, via, signora padrona, non pensi tanto. Si diverta, stia allegra. Avverta bene, che la melanconia fa de' brutti scherzi.
GIACINTA:	A me non pare presentemente di essere melanconica, anzi sono così contenta, che non mi cambierei con una regina. Dopo che non vedo colui, mi pare di essere rinata. Sto così bene, che non sono mai stata meglio.
BRIGIDA:	Perdoni, non vorrei equivocare; per colui chi intende ella di dire?
GIACINTA:	Che sciocca difficoltà di capirmi! Non si sa, che quando dico colui, m'intendo di dire di Guglielmo?
BRIGIDA:	(Io tremava che dicesse colui allo sposo).
GIACINTA:	Non ho ragione di parlar di lui con disprezzo, con astio, con villania? Potea far peggio di quel che ha fatto? Tirarmi giù a tal segno? Innamorarmi sì pazzamente? Che vita miserabile non ho io menata per causa sua? Che spasimi, che timori non mi ha egli fatto provare? Non ho goduto un'ora di bene. Ha principiato a insidiarmi sino dal primo giorno. Ah! con qual arte si è egli insinuato nell'animo mio, nel mio cuore! Che artifiziose parole! Che sguardi languidi traditori! Che studiate attenzioni! E come sapea trovare i momenti per esser meco a quattr'occhi, e che soavi termini sapeva egli trovare, e con che grazia li pronunciava! (*Con passione.*)
BRIGIDA:	(Oh! non ci pensa più, me n'accorgo). (*Ironica.*)

GIACINTA: Basta, grazie al cielo me ne son liberata. Parmi di avere avuto una malattia, ed essere perfettamente guarita.

BRIGIDA: Perdoni, mi pare che vi sia un poco di convalescenza.

GIACINTA: No, t'inganni. Sono sana, sanissima, com'era prima. Ora tutti i mei pensieri sono occupati all'allestimento che si ha da fare per le mie nozze. Per quello che tocca a fare per mio padre, ho già pensato quello ch'io voglio ch'egli mi faccia. Per quello poi che appartiene allo sposo, io non voglio assolutamente che il signor Leonardo si riporti alla di lui sorella. Non voglio che diasi a lei l'incombenza di porre in ordine il mio vestiario; prima non le conviene, perché è fanciulla; e poi è di cattivo gusto. Si veste male per sé, e son sicura che sarebbe peggio per me. Ecco tutti i pensieri che mi occupano di presente; io non ho altro in testa che abiti, guarnizioni, gioje, pizzi di Fiandra, pizzi d'aria, fornimenti di bionda, scarpe, cuffie, ventagli. Questo è quanto m'interessa presentemente, e non penso ad altro. (*Forzandosi di mostrare intrepidezza.*)

BRIGIDA: E fra tanti pensieri non le passa per mente un po' di amore, un po' di bene allo sposo?

GIACINTA: Io spero d'amarlo un giorno teneramente. Ho sentito dire che tanti che si sono sposati per amore, si sono prestissimo annoiati e pentiti; e che altri che l'hanno fatto per impegno, per rassegnazione semplice, e con poco amore, si sono poi innamorati col tempo, e sono stati bene fino alla morte.

BRIGIDA: Certo, signora, ella non correrà pericolo d'annoiarsi per averlo troppo amato finora. Prego il cielo che la virtù del legame operi meglio per l'avvenire.

GIACINTA: Sì, così ha da essere, e così sarà. Io prendo il signor Leonardo come un marito che mi è stato destinato dal cielo, che mi è dato dal padre. So ch'io devo rispettarlo ed amarlo. Circa al rispetto, farò il mio dovere; e circa all'amore, farò tutto quel ch'io potrò.

BRIGIDA: Perdoni, proponendosi ella di volerlo sì ben rispettare, non farà dunque né più né meno di quello ch'egli vorrà.

GIACINTA: Sì, ma il rispetto ha da esser reciproco. S'io ho del rispetto per lui, egli ne ha d'avere per me. Non ha perciò da trattarmi villanamente, e da tenermi in conto di schiava.

BRIGIDA: (Eh! già; vuol rispettare il marito, ma vorrà fare a suo modo).

GIACINTA: È molto che quel temerario di Guglielmo non abbia ancora tentato di farmi una visita.

BRIGIDA: S'egli venisse, m'immagino ch'ella non lo vorrebbe ricevere.

GIACINTA: Perché, non l'ho da ricevere? Perché, ho da usare questa viltà di mostrar paura di lui? Non ho da esser padrona di me medesima? Non avrò bastante virtù per vederlo e trattarlo con indifferenza? Sono stata debole, è vero; ma in tre giorni ch'io non lo tratto, ho avuto campo di ravvedermi, e di fortificarmi lo spirito e il cuore. Bisogna pur ch'io mi avvezzi a ritrovarmi con esso lui, come mi ho da ritrovare con tanti altri. Ha da esser marito di mia cognata. Poco o molto, dobbiamo essere qualche volta insieme. Che cosa direbbe il mondo, se io sfuggissi la di lui vista? No, no, vo' principiare per tempo ad accostumarmi a trattarlo come se mai non lo avessi né amato, né conosciuto; e son capace di farlo, ed ho coraggio di farlo, e vedrai tu stessa con che bravura, con che spirito, mi darà l'animo di eseguirlo.

BRIGIDA: E se il signor Leonardo non volesse ch'ella lo trattasse?

GIACINTA: Il signor Leonardo sarebbe un pazzo. Perché non ha da voler che io pratichi un suo cognato?

BRIGIDA: Non sa ella quanto è sottile la gelosia?

GIACINTA: Il signor Leonardo sa che gelosie non ne voglio.

BRIGIDA: Ma per altro, diciamola qui fra noi, ha avuto qualche motivo d'averne.

GIACINTA: Quello che è stato, è stato. Ha avuto la soddisfazione che Guglielmo dia parola di sposar sua sorella, e la sposerà, e ciò gli deve bastare. Finalmente Guglielmo è un giovane onesto e civile, ed io sono una donna d'onore; e sarebbe una temerità il pensare diversamente.

BRIGIDA: (Può dir quel che vuole, io non mi persuaderò mai che la piaga sia risanata).

<u>SCENA SESTA</u>

Servitore e le suddette.

SERVITORE: Signora, è qui il signor Guglielmo che le vorrebbe far riverenza.

BRIGIDA: (Veggiamo un poco la sua bravura).

GIACINTA: (Oimè! che mai vuol dire questo gran foco che improvvisamente m'accende?).

BRIGIDA: (Oh! come vien rossa la poverina!).

GIACINTA: (Eh! coraggio ci vuole. Superiamola quest'indegna passione). Venga pure, è padrone.

SERVITORE (*parte.*)

17

BRIGIDA:	Coraggio, signora padrona.

GIACINTA:	Perché coraggio? A che mi vai tu insinuando il coraggio? Di che cosa ho d'aver timore? (Eccolo. Oh cieli? tremo tutta, la passion mi tradisce ed il valore mi manca). Brigida, un improvviso dolor di stomaco mi obbliga a ritirarmi. Ricevi tu il signor Guglielmo, e digli che mi perdoni... (Ah! mi ucciderei colle mie mani). (*Parte.*)

SCENA SETTIMA

Brigida, poi Guglielmo.

BRIGIDA:	Gran virtù, gran coraggio! Eh poverina! è donna anch'ella, è di carne e d'ossa come le altre.

GUGLIELMO:	Dov'è la signora Giacinta?

BRIGIDA:	Perdoni, signore, mi ha imposto di far le sue scuse.

GUGLIELMO:	Mi ha pur detto il servitore ch'ella era qui.

BRIGIDA:	C'era, per verità; ma l'ha chiamata il suo signor padre. (Se gli dico che ha mal di stomaco, non lo crede, è una magra scusa).

GUGLIELMO:	Aspetterò il suo comodo.

BRIGIDA:	Scusi. Che cosa vuole da lei?

GUGLIELMO:	Ho da renderne conto a voi? Vo' fare il mio debito, riverirla, consolarmi del suo ritorno. Ecco quello ch'io voglio; ed ecco soddisfatta la vostra curiosità.

BRIGIDA:	Bene, signore. Io rappresenterò alla padrona le di lei finezze, e sarà come se le avesse ricevute in persona.

GUGLIELMO:	Non mi è permesso il vederla?

BRIGIDA:	Non mancherà tempo. È ancora stanca dal viaggio.

GUGLIELMO:	Questo è un insulto che mi vien fatto. Sono un uomo d'onore, e non credo di meritarlo.

BRIGIDA:	Caro signor mio, prenda la cosa come le pare; io non so che dirle. (Voglio veder io di rompere quest'amicizia, se posso).

GUGLIELMO:	Dite alla signora Giacinta che io sono lo sposo della signora Vittoria.

BRIGIDA: Credo ch'ella lo sappia, senza ch'io glielo dica.

GUGLIELMO: E se non avessi questo carattere, non sarei venuto ad incomodarla.

BRIGIDA: In virtù di questo carattere, avrà tempo di vederla e di rivederla, e di dirle tutto quello che vuole.

GUGLIELMO: Voi dunque non le volete dir niente?

BRIGIDA: Niente affatto, con sua buona licenza.

GUGLIELMO: C'è in casa il signor Filippo?

BRIGIDA: Io non lo so, signore.

GUGLIELMO: Come dite di non saperlo, se poco fa mi diceste ch'egli ha chiamato la signora Giacinta?

BRIGIDA: E se io gli ho detto che ha chiamato la signora Giacinta, perché mi domanda se c'è?

GUGLIELMO: Per dir la verità, voi siete particolare.

BRIGIDA: Perdoni... ho qualche cosa anch'io per il capo... (Ha ragion da una parte; il zelo mi trasporta un po' troppo).

<u>SCENA OTTAVA</u>

Leonardo e detti.

LEONARDO: (Come! Guglielmo qui? Appena giunta Giacinta).

BRIGIDA: (Ecco il signor Leonardo. E questo diavolo di Guglielmo non ha voluto andarsene).

LEONARDO: Dov'è la signora Giacinta? (*A Brigida.*)

BRIGIDA: È di là col suo signor padre. (*A Leonardo.*)

GUGLIELMO: Amico. (*Salutando Leonardo.*)

LEONARDO:	Schiavo suo. (*A Guglielmo, bruscamente.*) Domandatele se mi è permesso di riverirla. (*A Brigida.*)
BRIGIDA:	Sì, signore, la servo. Perdoni: Paolino non è ancor ritornato?
LEONARDO:	No, non è ancor ritornato.
BRIGIDA:	Compatisca. Quando ritornerà?
LEONARDO:	Volete andare, o non volete andare?
BRIGIDA:	Vado, vado. (Oh! quest'è bella! Preme anche a me quanto possa premere a loro). (*Parte.*)
LEONARDO:	Siete molto sollecito a venir a complimentare la signora Giacinta.
GUGLIELMO:	Fo il mio dovere.
LEONARDO:	Non siete né sì attento, né sì polito verso la vostra sposa.
GUGLIELMO:	Favorite dirmi in che cosa ho mancato.
LEONARDO:	Non mi fate parlare.
GUGLIELMO:	Se non parlerete, sarà impossibile ch'io vi capisca.
LEONARDO:	L'avete veduta la signora Giacinta?
GUGLIELMO:	Non signore. Volea riverirla, e non mi è stato ancora permesso. A voi non sarà negato l'accesso; onde vi supplico, col mezzo vostro, far ch'io possa esercitar con lei il mio dovere.
LEONARDO:	Signor Guglielmo, quando pensate voi di concludere le nozze con mia sorella?
GUGLIELMO:	Caro amico, io non credo che un matrimonio fra due persone civili s'abbia a formare senza le debite convenienze.
LEONARDO:	Ma perché intanto si differisce di sottoscrivere il nuzial contratto?
GUGLIELMO:	Questo può farsi qualunque volta vi piaccia.
LEONARDO:	Facciamolo dentro d'oggi.
GUGLIELMO:	Benissimo...
LEONARDO:	Favorite di andar dal notaro a renderlo di ciò avvisato.
GUGLIELMO:	Bene. Andrò ad avvisarlo.
LEONARDO:	Ma andate subito, se lo volete trovare in casa.

| GUGLIELMO: | Sì, vado subito. Vi prego di pormi a' piedi della signora Giacinta; dirle ch'era venuto per un atto del mio rispetto. (Convien dissimulare. Non son contento s'io non le parlo ancora una volta). (*Parte.*) |

SCENA NONA

Leonardo, poi Brigida.

| LEONARDO: | Costui è d'un carattere che non arrivo ancora a comprendere. Mi dà motivo di sospettare, e poi mi fa talvolta pentire de' miei sospetti. La premura ch'egli ha di veder Giacinta, pare un po' caricata; ma se fosse reo di qualche indegna passione, non ardirebbe di parlar con me come parla, ed esibirsi ad accelerare il contratto con mia sorella. |

| BRIGIDA: | Signore, la mia padrona la riverisce, la ringrazia della sua attenzione, e la supplica di perdono se questa mattina non può ricevere le di lei grazie, perché sta poco bene, ed ha bisogno di riposare. |

| LEONARDO: | È a letto la signora Giacinta? |

| BRIGIDA: | Non è a letto veramente, ma è sdraiata sul canapè. Le duole il capo, e non può sentire a parlare. |

| LEONARDO: | E non mi è permesso di vederla, di riverirla, e di sentire da lei medesima il suo incomodo? |

| BRIGIDA: | Così m'ha detto, e così le dico. |

| LEONARDO: | Bene. Ditele che mi dispiace il suo male, che ne prevedo la causa, e che dal canto mio cercherò di contribuire alla sua salute. (*Con isdegno.*) |

| BRIGIDA: | Signore, non pensasse mai... |

| LEONARDO: | Andate, e ditele quel che v'ho detto. (*Come sopra.*) |

| BRIGIDA: | (Ha ragione, per verità, ha ragione. È cieca affatto, e la sua gran virtù se n'è andata in fumo). (*Parte.*) |

SCENA DECIMA

Leonardo, poi il Servitore.

LEONARDO: Sì, merito questo, e merito ancor di peggio. Dovea avvedermene prima d'ora, ch'ella non ha per me né amore, né stima, né gratitudine. Sono perdute le mie attenzioni; è vana la mia speranza, e guai a me se io arrivassi a sposarla. Ho dunque da perderla? Ho da metterla in libertà, perché poi con mio scorno, e con disonore della mia casa, si vegga ella sposar Guglielmo, e quell'indegno burlarsi di me, e dell'impegno contratto con mia sorella? No, non lo sperino certamente. Saprò scordarmi di quest'ingrata, ma non soffrirò vilmente l'insulto. Troverò la maniera di vendicarmi. Mi vendicherò ad ogni costo. A costo di perdermi, di precipitarmi. Sono in disordine, è vero, ma ho tanto ancora da potermi prendere una soddisfazione. Vo' far vedere al mondo che ho spirito, che ho sentimento d'onore. Sì, perfida, sì, amico traditore, mi vendicherò, me la pagherete.

SERVITORE: Signore, un di lei servo ha portata per lei questa lettera.

LEONARDO: E dov'è costui?

SERVITORE: Mi ha domandato se ella c'era. Gli ho detto che sì. Mi ha dato la lettera, ed è partito.

LEONARDO: Bene, bene. Non occorr'altro. (*Legge la lettera piano.*)

SERVITORE: (È molto in collera questo signore. Ma anche la padrona è furente. Sono andati in campagna con allegria, e sono tornati col diavolino pel capo). (*Parte.*)

SCENA UNDICESIMA

LEONARDO (*solo*): Povero me! Che sento! Che lettera è questa che mi scrive Paolino! Sequestrati i beni miei di campagna? Sequestrati i mobili del palazzino? Sino la biancheria, le posate e l'argenteria che mi fu prestata? Paolino medesimo arrestato in campagna per ordine della giustizia? Questa è l'ultima mia rovina, la riputazione è perduta. Piena ancora di gente è la villeggiatura di Montenero. Che diranno di me i villeggianti? Quale strapazzo si farà colà del mio nome? Che serve ch'io abbia figurato sinora con tanto sfarzo e con tanto lustro, se ora si scoprono le mie miserie, e sarà condannata la mia ambizione? Ah! questo colpo mi avvilisce, mi atterra. Giacinta, Guglielmo, si burleranno anch'essi di me. Qual vendetta vo' io meditando contro di loro? Chi è il nemico maggiore ch'io abbia fuor di me stesso? Io sono il pazzo, lo stolido, il nemico di me medesimo. (*Parte.*)

23

ATTO SECONDO

SCENA PRIMA

Camera di Leonardo.

LEONARDO (*solo*): Io non so che mi fare. Penso, e i miei tristi pensieri, anziché suggerirmi il rimedio, mi spingono alla disperazione. Io non so più in Livorno come sussistere, e non ho il modo e non ho il coraggio di allontanarmi. Che dirà di me la signora Giacinta? Come potrò io pretendere dal signor Filippo la di lui figliuola e gli ottomila scudi di dote nello stato miserabile in cui ora sono? Povero me! Fra le mie disgrazie non cessa ancora di tormentarmi l'amore. Oh cieli! Ecco il signor Fulgenzio. Arrossisco in vederlo; mi ricordo delle sue ammonizioni, de' suoi consigli, e so d'averne abusato.

SCENA SECONDA

Fulgenzio e il suddetto.

FULGENZIO: (Eccolo qui il pazzo, il prodigo, l'infatuato).

LEONARDO: Riverisco il mio carissimo signor Fulgenzio.

FULGENZIO: Servitor suo. (*Sostenuto.*) Si è divertito bene in campagna?

LEONARDO: Caro signore, non mi parlate più di campagna. Le ho concepito un odio sì grande, che non andrei più a villeggiare per tutto l'oro del mondo.

FULGENZIO: Sì, il proponimento è buono. Il male è che l'avete fatto un po' tardi.

LEONARDO: È meglio tardi che mai.

FULGENZIO: Basta che si sia in tempo, e che il proponimento non nasca dall'impotenza, piuttosto che dalla volontà di far bene. (*Con caldo.*)

LEONARDO: Io non credo di essere in tal precipizio...

FULGENZIO: E che cosa vi resta per essere rovinato più di quello che siete? Volete vendere a me pure lucciole per lanterne? Mi maraviglio di voi. Mi maraviglio che abbiate avuto il coraggio d'imbarazzare un galantuomo della mia sorte a chiedere per voi una fanciulla in isposa. Voi sapevate lo stato vostro, e chiamasi un tradimento, una baratteria bella e buona. Ma dal canto mio ci rimedierò: farò sapere al signor Filippo la verità; faccia poi egli quel che vuole, me ne vo' lavare le mani, e faccio un solenne proponimento di non imbarazzarmi mai più.

LEONARDO: Ah! signor Fulgenzio, per amor del cielo, non mi mettete all'ultima disperazione. Giacché sapete lo stato mio, movetevi a compassione di me. Io sono in circostanze lagrimose, che non mi resta alcun angolo in cui sperare di rifugiarmi, sarò costretto ad abbandonarmi alla più disperata risoluzione. Senza roba, senza credito, senza amici, senza assistenza, la vita non mi serve che di rossor, che di pena. Assistetemi, signor Fulgenzio, assistetemi; sono sull'orlo del precipizio, non fate che termini la mia casa con una tragedia, con uno spettacolo della mia persona.

FULGENZIO: Se foste mio figliuolo, vorrei rompervi l'ossa di bastonate. Ecco il linguaggio de' vostri pari: sono disperato, voglio strozzarmi, voglio affogarmi. A me poco dovrebbe premere, perché non ho verun interesse con voi. Ma son uomo, sento l'umanità, ho compassione di tutti; meritate di essere abbandonato, ma non ho cuore di abbandonarvi.

LEONARDO: Ah! il cielo vi benedica. Salvate un uomo, salvate una desolata famiglia. Liberatemi dal rossore, dalla miseria, dalla folla de' creditori.

FULGENZIO: Ma che credete? Ch'io voglia rovinar me per aiutar voi? Ch'io voglia pagarvi i debiti, perché ne facciate degli altri?

LEONARDO: No, signor Fulgenzio, non ne farò più.

FULGENZIO: Io non vi credo un zero.

LEONARDO: In che consistono dunque le esibizioni che finora mi avete fatte?

FULGENZIO: Consistono in volermi adoperare per voi con dei buoni uffizi verso di vostro zio Bernardino, con delle buone parti verso chi ha più il modo di me, e qualche maggior obbligazione di soccorrervi nelle vostre disgrazie. E se impiego per voi il tempo, i passi, e le parole, e i consigli, faccio più ancora di quello che mi s'aspetta.

LEONARDO: Signore, io sono nelle vostre mani; ma con mio zio Bernardino non si farà niente.

FULGENZIO: E perché non si farà niente?

LEONARDO: Perché è sordido, avaro, e non darebbe un quattrino, chi l'appiccasse; e poi ha una maniera così insultante, che non si può tollerare.

FULGENZIO:	Sia come esser si voglia, si ha da far questo passo, si ha da principiare da qui per andare innanzi. Se non v'aiuta lo zio, chi volete voi che lo faccia?
LEONARDO:	È vero, non so negarlo; tutto quello che dite, è verissimo.
FULGENZIO:	Venite dunque con me.
LEONARDO:	Sì, vengo, ma ci vengo malissimo volentieri. (*In atto di partire.*)

SCENA TERZA

Vittoria in abito di gala, e detti.

VITTORIA:	Una parola, signor Leonardo.
LEONARDO:	Ditela presto, ch'io non ho tempo da trattenermi.
VITTORIA:	Voleva dirvi se volevate venir con me dalla signora Giacinta.
LEONARDO:	Ci verrei volentieri, ma presentemente non posso. Andateci voi. Sappiatemi dire come sta, come vi riceve, come parla di me, e in quale disposizione si trovi rispetto ai nostri sponsali.
VITTORIA:	Voi non l'avete ancora veduta?
LEONARDO:	No, non l'ho potuta ancora vedere.
FULGENZIO:	(Sollecitatevi, signor Leonardo).
LEONARDO:	Eccomi. (*A Fulgenzio.*)
VITTORIA:	Caro fratello, se principiate a diminuire le attenzioni per lei, sapete com'ella è, vi resta pochissimo da sperare.
LEONARDO:	Signor Fulgenzio, mezz'ora prima o mezz'ora dopo, mi pare sia lo stesso.
FULGENZIO:	(Vostro zio va a pranzo per tempo, e dopo pranzo è solito di dormire). (*A Leonardo.*)
LEONARDO:	(Non perdiamo tempo dunque). (*A Fulgenzio.*)
VITTORIA:	S'ella mi domanda di voi, s'ella si lamenta che non mostrate premura di rivederla, che cosa volete ch'io le dica per iscusarvi?

| **LEONARDO:** | (Non si potrebbe differire a andar dallo zio dopo desinare.). (*A Fulgenzio.*) |

LEONARDO: (Non si potrebbe differire a andar dallo zio dopo desinare.). (*A Fulgenzio.*)

FULGENZIO: (Volete un'altra volta vedervi la casa piena di creditori?).

LEONARDO: (Cospetto! sarebbe per me una nuova disperazione).

FULGENZIO: (Andiamo. Liberatevi da quest'affanno di cuore).

VITTORIA: Stupisco, signor fratello, che dopo quel che è accaduto in villa usiate tanta freddezza in una cosa che vi dovrebbe interessare all'estremo.

LEONARDO: (Ah! sì: Vittoria non dice male. È pericolosa l'indifferenza. Giacinta non mostra per me grand'amore, e tutto le potrebbe servir di pretesto).

FULGENZIO: (O venite, o vi pianto). (*A Leonardo.*)

LEONARDO: (Un momento per carità). (*A Fulgenzio.*)

VITTORIA: (Ehi! Ricordatevi di quella visita che ha fatto la signora Giacinta alla gastalda di Montenero). (*A Leonardo.*)

LEONARDO: (Oh malizioso rimprovero che mi trafigge!). Signor Fulgenzio, non potreste andar voi dallo zio Bernardino, e parlargli, ed intendere...

FULGENZIO: Ho capito! buon giorno a vossignoria. (*In atto di partire.*)

LEONARDO: No, trattenetevi; verrò con voi. (Dovunque mi volga, non ravviso che scogli, che tempeste, che precipizi). Andate, dite alla signora Giacinta... non so che risolvere... ditele quel che vi pare. Andiamo. (*A Fulgenzio.*) Son fuori di me; non so quel che mi voglia. S'accrescono i miei timori, le mie angustie, le mie crudeli disperazioni. (*Parte con Fulgenzio.*)

<u>SCENA QUARTA</u>

Vittoria, poi Guglielmo e Ferdinando.

VITTORIA: È insolentissimo questo vecchio. Ma nello stato in cui siamo, convien credere che mio fratello abbia bisogno di lui, e convien soffrirlo. Oh, oh, ecco il signor Guglielmo! È tempo che si degni di favorirmi. Ma c'è con lui quello sguaiato di Ferdinando. Pare che Guglielmo lo faccia a posta. Pare ch'egli fugga l'incontro di esser meco da solo a sola. Quest'è segno di poco amore. Sempre più si aumentano i miei sospetti.

FERDINANDO: (Ma, caro amico, ho i miei affari: io non mi posso trattener lungamente). (*A Guglielmo.*)

GUGLIELMO: (Scusatemi. La visita sarà breve. Ho necessità di parlarvi). (*A Ferdinando.*) (Giacché ci ho da venire per mio malanno, la compagnia d'un terzo mi giova). (*Da sé.*)

VITTORIA: (Hanno de' gran segreti que' due signori).

FERDINANDO: M'inchino alla signora Vittoria.

VITTORIA: Signore, che mai vuol dire ch'ella con tanta bontà mi frequenta le di lei grazie? (*A Ferdinando.*)

FERDINANDO: Sono qui in compagnia dell'amico.

VITTORIA: Ha paura a venir solo il signor Guglielmo?

GUGLIELMO: Signora, scusatemi. Fin ch'io non ho l'onore di essere vostro sposo, parmi che il decoro vostro esiga questo rispetto.

FERDINANDO: Ma, signori miei, quando si concludono le vostre nozze?

VITTORIA: Quando piacerà al gentilissimo signor Guglielmo.

GUGLIELMO: Signora, sapete meglio di me che un matrimonio non si può concludere su due piedi.

FERDINANDO: Avete fatta ancora la scritta?

VITTORIA: Signor no, non ha ancora trovato il tempo per eseguire questa gran cosa che si fa in un momento, e che dovea esser fatta al nostro arrivo in Livorno.

GUGLIELMO: Non mi è ancora riuscito di poter avere il notaro.

FERDINANDO: E che bisogno ci è di notaro? Tali scritture si fanno anche privatamente. Mi era esibito di servirvi io a Montenero; e lo posso far qui, se volete.

VITTORIA: Se si contenta il signor Guglielmo.

GUGLIELMO: Per verità, il signor Leonardo mi ha incaricato di rintracciar il notaro. L'ho già veduto, e siamo in concerto ch'ei si ritrovi qui questa sera. Non mi pare che gli si abbia a fare una malagrazia, e che dalla mattina alla sera vi sia quest'estrema necessità per anticipare.

VITTORIA: Via, via, quando si ha da far questa sera...

FERDINANDO: Io credo che la signora Vittoria di già lo sapesse che si doveva in oggi sottoscrivere questa scritta.

VITTORIA: Perché credete voi ch'io il sapessi?

FERDINANDO:	Perché si è vestita da sposa.
VITTORIA:	No, v'ingannate. Sono vestita un poco decentemente per far visita alla signora Giacinta.
GUGLIELMO:	Volete andar ora dalla signora Giacinta?
VITTORIA:	Sì, certo; giacché l'ho da far questa ceremonia, me ne vo' spicciare immediatamente.
GUGLIELMO:	Andate sola?
VITTORIA:	Voleva che venisse con me mio fratello; ma i suoi affari non gliel'hanno permesso.
GUGLIELMO:	Vi servirò io, se lo comandate.
VITTORIA:	Oh! signor Guglielmo, la ringrazio della bontà che ha per me; questa è la prima volta ch'io la ritrovo meco così gentile. No, no, signore, non le voglio dar quest'incomodo. (*Ironicamente.*)
FERDINANDO:	(Ora principia la visita a divertirmi).
GUGLIELMO:	Signora, scusatemi. Io credo che l'andarvi insieme non sia che bene. Sono in debito anch'io di far un simil dovere col signor Filippo e colla signora Giacinta; e se mi accompagno con voi, non ne dovreste essere malcontenta.
VITTORIA:	Mi ricordo il vostro saggio riflesso. Finché non siete mio sposo, non è conveniente che ci veggano andar insieme.
FERDINANDO:	Dice bene; parla prudentemente. Andate voi a sollecitare il notaio. Io avrò l'onor di servirla dalla signora Giacinta.
VITTORIA:	Non sarebbe mal fatto che al mio ritorno, fra un'ora al più, vi ritrovassi qui col notaio. (*A Guglielmo.*)
GUGLIELMO:	E volete andare col signor Ferdinando?
VITTORIA:	Sì, andrò con lui, per non andar sola.
GUGLIELMO:	Con lui vi piace, e con me vi dispiace?
FERDINANDO:	Io mi esibisco per far piacere ad entrambi.
VITTORIA:	Con lui non posso essere criticata. (*A Guglielmo.*)
GUGLIELMO:	Sì, signora, ho capito. Il mio cattivo temperamento v'annoia. Il signor Ferdinando è spiritoso e brillante. Principiate assai di buon'ora a farmi comprendere che io devo essere un marito poco felice. Parliamoci chiaro, signora: se io vi dispiaccio, siete ancora in libertà di risolvere.

VITTORIA: Se non avessi amore per voi non m'inquieterei per la vostra freddezza, e non vi darei tanti stimoli per sollecitare la scritta.

GUGLIELMO: Dite d'amarmi, e in faccia mia preferite un altro?

FERDINANDO: Ehi! amico, sareste per avventura di me geloso?

VITTORIA: Non credo mai che vi venissero in capo di tai pensieri. (*A Guglielmo.*)

GUGLIELMO: Io non penso fuor di ragione; e mi persuado di quel ch'io vedo.

VITTORIA: Signor Guglielmo, parlatemi con sincerità.

GUGLIELMO: Io non vi posso parlare in miglior modo di quel che vi faccio. Dicovi che questo è un torto che voi mi fate, e che non mi credeva di meritarlo.

VITTORIA: (Mi ama dunque più di quello ch'io supponeva).

FERDINANDO: Signori, se io ho da esser d'incomodo, me ne vado immediatamente.

GUGLIELMO: No, no, restate pure; e servite la signora Vittoria.

VITTORIA: No, caro signor Guglielmo, non prendete la cosa in sinistra parte. Vi chiedo scusa se ho potuto spiacervi. Vi amo colla maggior tenerezza del mondo. Ho da essere vostra sposa, e da voi solo vogl'io dipendere. Verrò con voi dalla signora Giacinta. Tralascierò d'andarvi, se pur piace.

GUGLIELMO: Il nostro debito ci sprona egualmente a quest'atto di convenienza.

VITTORIA: Andiamoci dunque immediatamente. Scusi, signor Ferdinando, s'io non mi prevalgo delle sue grazie.

FERDINANDO: Si serva pure. Per me sono indifferente.

GUGLIELMO: Il signor Ferdinando favorirà di venir con noi.

VITTORIA: Ma non c'è bisogno...

GUGLIELMO: Sì, signora, ce n'è bisogno per quella massima di onestà, di decoro, che io ho suggerita, e che voi avete approvata.

FERDINANDO: Sicché dunque io ho da servire di comodino.

VITTORIA: Ah! signor Guglielmo, se è ver che mi amate...

GUGLIELMO: Via, andiamo, prima che si avvicini l'ora del pranzo.

VITTORIA: Eccomi pronta, come vi piace.

GUGLIELMO: Amico, favorite la signora Vittoria. (*A Ferdinando.*)

FERDINANDO: Volete ch'io le dia braccio? (*A Guglielmo.*)

| **GUGLIELMO:** | Sì, fateci quest'onore. |

| **VITTORIA:** | E perché non lo fate voi? |

| **GUGLIELMO:** | So le mie convenienze, signora. Mi basta di non essere maltrattato. |

| **VITTORIA:** | Ma, io certamente... |

| **GUGLIELMO:** | Signora, un poco più di rassegnazione: vi prego di lasciarvi servire. |

| **VITTORIA:** | Obbedisco. (Principio ad essere un po' più contenta). (*Dà la mano a Ferdinando.*) |

| **FERDINANDO:** | (Per dire la verità, mi fanno fare certe figure... Basta; mi consolo che al pasto nuziale ci avrà da essere la mia posata). (*Parte con Vittoria.*) |

| **GUGLIELMO:** | (Quanto mai ho dovuto fingere e faticare, per cogliere l'opportunità di rivedere Giacinta). (*Parte.*) |

SCENA QUINTA

Camera in casa di Bernardino.

Bernardino in veste da camera all'antica, e Pasquale servitore; poi Fulgenzio.

| **BERNARDINO:** | Chi è che mi vuole? Chi mi domanda? (*A Pasquale.*) |

| **PASQUALE:** | È il signor Fulgenzio che desidera riverirla. |

| **BERNARDINO:** | Padrone, padrone. Venga il signor Fulgenzio, padrone. |

| **FULGENZIO:** | Riverisco il signor Bernardino. |

| **BERNARDINO:** | Buon giorno, il mio caro amico. Che fate? State bene? È tanto che non vi vedo. |

| **FULGENZIO:** | Grazie al cielo sto bene, quanto è permesso ad un uomo avanzato che principia a sentire gli acciacchi della vecchiaia. |

| **BERNARDINO:** | Fate come fo io, non ci abbadate. Qualche male si ha da soffrire; ma chi non ci abbada, lo sente meno. Io mangio quand'ho fame, dormo quando ho sonno, mi diverto quando ne ho volontà. E non bado; non bado. E a che cosa s'ha da badare? Ah, ah, ah, è tutt'uno! non ci s'ha da badare. (*Ridendo.*) |

FULGENZIO: Il cielo vi benedica: voi avete un bellissimo temperamento. Felici quelli che sanno prendere le cose come voi le prendete.

BERNARDINO: È tutt'uno, è tutt'uno. Non ci s'ha da badare. (*Ridendo.*)

FULGENZIO: Sono venuto ad incomodarvi per una cosa di non lieve rimarco.

BERNARDINO: Caro signor Fulgenzio, sono qui, siete padrone di me.

FULGENZIO: Amico, io vi ho da parlare del signor Leonardo vostro nipote.

BERNARDINO: Del signor marchesino? Che fa il signor marchesino? Come si porta il signor marchesino?

FULGENZIO: Per dir la verità, non ha avuto molto giudizio.

BERNARDINO: Non ha avuto giudizio? Eh capperi! Mi pare che abbia più giudizio di noi. Noi fatichiamo per vivere stentatamente; ed ei gode, scialacqua, tripudia, sta allegramente: e vi pare ch'ei non abbia giudizio?

FULGENZIO: Capisco che voi lo dite per ironia, e che nell'animo vostro lo detestate, lo condannate.

BERNARDINO: Oh! io non ardisco d'entrare nella condotta dell'illustrissimo signor marchesino Leonardo. Ho troppo rispetto per lui, per il suo talento, per i suoi begli abiti gallonati. (*Ironico.*)

FULGENZIO: Caro amico, fatemi la finezza, parliamo un poco sul serio.

BERNARDINO: Sì, anzi; parliamo pure sul serio.

FULGENZIO: Vostro nipote è precipitato.

BERNARDINO: È precipitato? È caduto forse di sterzo? I cavalli del tiro a sei hanno forse levato la mano al cocchiere?

FULGENZIO: Voi ridete, e la cosa non è da ridere. Vostro nipote ha tanti debiti, che non sa da qual parte scansarsi.

BERNARDINO: Oh! quando non c'è altro mal, non è niente. I debiti non faranno sospirar lui, faranno sospirare i suoi creditori.

FULGENZIO: E se non vi è più roba, né credito, come farà egli a vivere?

BERNARDINO: Niente; non è niente. Vada un giorno per uno da quelli che hanno mangiato da lui, e non gli mancherà da mangiare.

FULGENZIO: Voi continuate sul medesimo tuono, e pare che vi burliate di me.

BERNARDINO: Caro il signor Fulgenzio, sapete quanta amicizia, quanta stima ho per voi.

FULGENZIO:	Quand'è così, ascoltatemi come va, e rispondetemi in miglior maniera. Sappiate che il signor Leonardo ha una buona occasione per maritarsi.
BERNARDINO:	Me ne consolo, me ne rallegro.
FULGENZIO:	Ed è per avere ottomila scudi di dote.
BERNARDINO:	Me ne rallegro, me ne consolo.
FULGENZIO:	Ma se non si rimedia alle sue disgrazie, non averà la figlia, e non averà la dote.
BERNARDINO:	Eh! un uomo come lui? Batte un piè per terra, e saltano fuori i quattrini da tutte le parti.
FULGENZIO:	(Or ora perdo la sofferenza. Me l'ha detto il signor Leonardo). Io vi dico che vostro nipote è in rovina. (*Sdegnato.*)
BERNARDINO:	Sì eh? Quando lo dice, sarà così. (*Fingendo serietà.*)
FULGENZIO:	Ma si potrebbe rimettere facilmente.
BERNARDINO:	Benissimo, si rimetterà.
FULGENZIO:	Però ha bisogno di voi.
BERNARDINO:	Oh! questo poi non può essere.
FULGENZIO:	E si raccomanda a voi.
BERNARDINO:	Oh il signor marchesino! è impossibile.
FULGENZIO:	È così, vi dico, si raccomanda alla vostra bontà, al vostro amore. E se non temessi che lo riceveste male, ve lo farei venire in persona a far un atto di sommissione, e a domandarvi perdono.
BERNARDINO:	Perdono? Di che mi vuol domandare perdono? Che cosa mi ha egli fatto da domandarmi perdono? Eh! mi burlate: io non merito queste attenzioni; a me non si fanno di tali uffizi. Siamo amici, siamo parenti. Il signor Leonardo? Oh! il signor Leonardo mi scusi, non ha da far con me queste ceremonie.
FULGENZIO:	Se verrà da voi, l'accoglierete con buon amore?
BERNARDINO:	E perché non l'ho da ricevere con buon amore?
FULGENZIO:	Se mi permettete dunque, lo farò venire.
BERNARDINO:	Padrone, quando vuole; padrone.
FULGENZIO:	Quand'è così, ora lo chiamo, e lo fo venire.
BERNARDINO:	E dov'è il signor Leonardo?

| FULGENZIO: | È di là in sala, che aspetta. |

| BERNARDINO: | In sala, che aspetta? (*Con qualche maraviglia.*) |

| FULGENZIO: | Lo farò venire, se vi contentate. |

| BERNARDINO: | Sì, padrone; fatelo venire. |

| FULGENZIO: | (Sentendo lui, può essere che si muova. Per me mi è venuto a noia la parte mia). (*Parte.*) |

SCENA SESTA

Bernardino, poi Fulgenzio e Leonardo, poi Pasquale.

| BERNARDINO: | Ah, ah, il buon vecchio! se l'ha condotto con lui. Ha attaccato egli la breccia, e poi ha il corpo di riserva per invigorire l'assalto. |

| FULGENZIO: | Ecco qui il signor Leonardo. |

| LEONARDO: | Deh! scusatemi, signor zio... |

| BERNARDINO: | Oh! signor nipote, la riverisco; che fa ella? Sta bene? Che fa la sua signora sorella? Che fa la mia carissima nipotina? Si sono bene divertiti in campagna? Sono tornati con buona salute? Se la passano bene? Sì, via, me ne rallegro infinitamente. |

| LEONARDO: | Signore, io non merito di esser da voi ricevuto con tanto amore, quanto ne dimostrano le cortesi vostre parole; onde ho ragion di temere, che con eccessiva bontà vogliate mascherare i rimproveri che a me sono dovuti. |

| BERNARDINO: | Che dite eh? Che bel talento che ha questo giovane! Che maniera di dire! che bel discorso! (*A Fulgenzio.*) |

| FULGENZIO: | Tronchiamo gl'inutili ragionamenti. Sapete quel che vi ho detto. Egli ha estremo bisogno della bontà vostra, e si raccomanda a voi caldamente. |

| BERNARDINO: | Che possa... in quel ch'io posso... se mai potessi... |

| LEONARDO: | Ah! signor zio... (*Col cappello in mano.*) |

| BERNARDINO: | Si copra. |

| LEONARDO: | Pur troppo la mia mala condotta... |

BERNARDINO: Metta il suo cappello in capo.

LEONARDO: Mi ha ridotto agli estremi.

BERNARDINO: Favorisca. (*Mette il cappello in testa a Leonardo.*)

LEONARDO: E se voi non mi prestate soccorso...

BERNARDINO: Che ora abbiamo? (*A Fulgenzio.*)

FULGENZIO: Badate a lui, se volete. (*A Bernardino.*)

LEONARDO: Deh! signor zio amatissimo... (*Si cava il cappello.*)

BERNARDINO: Servitor umilissimo. (*Si cava la berretta.*)

LEONARDO: Non mi voltate le spalle.

BERNARDINO: Oh! non farei questa mal'opera per tutto l'oro del mondo. (*Colla berretta in mano.*)

LEONARDO: L'unica mia debolezza è stata la troppa magnifica villeggiatura. (*Sta col cappello in mano.*)

BERNARDINO: Con licenza. (*Si pone la berretta.*) Siete stati in molti quest'anno? Avete avuto divertimento?

LEONARDO: Tutte pazzie, signore; lo confesso, lo vedo, e me ne pento di tutto cuore.

BERNARDINO: È egli vero che vi fate sposo?

LEONARDO: Così dovrebbe essere, e ottomila scudi di dote potrebbono ristorarmi. Ma se voi non mi liberate da qualche debito...

BERNARDINO: Sì, ottomila scudi sono un bel danaro.

FULGENZIO: La sposa è figliuola del signor Filippo Ganganelli.

BERNARDINO: Buono, lo conosco, è un galantuomenone; è un buon villeggiante; uomo allegro, di buon umore. Il parentado è ottimo, me ne rallegro infinitamente.

LEONARDO: Ma se non rimedio a una parte almeno delle mie disgrazie...

BERNARDINO: Vi prego di salutare il signor Filippo per parte mia.

LEONARDO: Se non rimedio, signore, alle mie disgrazie...

BERNARDINO: E ditegli che me ne congratulo ancora con esso lui.

LEONARDO: Signore, voi non mi abbadate.

BERNARDINO: Sì, signore, sento che siete lo sposo, e me ne consolo.

LEONARDO:	E non mi volete soccorrere?...
BERNARDINO:	Che cosa ha nome la sposa?
LEONARDO:	Ed avete cuore d'abbandonarmi?
BERNARDINO:	Oh! che consolazione ch'io ho nel sentire che il mio signor nipote si fa sposo.
LEONARDO:	La ringrazio della sua affettata consolazione, e non dubiti che non verrò ad incomodarla mai più.
BERNARDINO:	Servitore umilissimo.
LEONARDO:	(Non ve l'ho detto? Mi sento rodere; non la posso soffrire). (*A Fulgenzio, e parte.*)
BERNARDINO:	Riverisco il signor nipote.
FULGENZIO:	Schiavo suo. (*A Bernardino, con sdegno.*)
BERNARDINO:	Buondì, il mio caro signor Fulgenzio.
FULGENZIO:	Se sapeva così, non veniva ad incomodarvi.
BERNARDINO:	Siete padroni di giorno, di notte, a tutte le ore.
FULGENZIO:	Siete peggio d'un cane.
BERNARDINO:	Bravo, bravo. Evviva il signor Fulgenzio.
FULGENZIO:	(Lo scannerei colle mie proprie mani). (*Parte.*)
BERNARDINO:	Pasquale?
PASQUALE:	Signore.
BERNARDINO:	In tavola. (*Parte.*)

SCENA SETTIMA

Camera in casa di Filippo.

Giacinta e Brigida, poi il Servitore.

BRIGIDA: No, signora, non occorre dire: dirò, farò, così ha da essere, così voglio fare. In certi incontri non siamo padrone di noi medesime.

GIACINTA: E che sì, che in un altro incontro non mi succederà più quello che mi è succeduto?

BRIGIDA: Prego il cielo che così sia, ma ne dubito.

GIACINTA: Ed io ne son sicurissima.

BRIGIDA: E donde può ella trarre una tal sicurezza?

GIACINTA: Senti: convien dire che il cielo mi vuol aiutare. Nell'agitazione in cui era, per cercare di divertirmi ho preso un libro. L'ho preso a caso, ma cosa più a proposito non mi potea venir alle mani; è intitolato: *Rimedi per le malattie dello spirito*. Fra le altre cose ho imparato questa: *Quand'uno si trova occupato da un pensiere molesto, ha da cercar d'introdurre nella sua mente un pensier contrario*. Dice che il nostro cervello è pieno d'infinite *cellule*, dove stan chiusi e preparati più e diversi pensieri. Che la *volontà* può aprire e chiudere queste cellule a suo piacere, e che la *ragione* insegna alla volontà a chiuder questa e ad aprire quell'altra. Per esempio, s'apre nel mio cervello la celletta che mi fa pensare a Guglielmo, ho da ricorrere alla ragione, e la ragione ha da guidare la volontà ad aprire de' cassettini ove stanno i pensieri del dovere, dell'onestà, della buona fama; oppure se questi non s'incontrano così presto, basta anche fermarsi in quelli delle cose più indifferenti, come sarebbe a dire d'abiti, di manifatture, di giochi di carte, di lotterie, di conversazioni, di tavole, di passeggi e di cose simili; e se la ragione è restia, e se la volontà non è pronta, scuoter la macchina, moversi violentemente, mordersi le labbra, ridere con veemenza, finché la fantasia si rischiari, si chiuda la cellula del rio pensiero, e s'apra quella cui la ragione addita ed il buon voler ci presenta.

BRIGIDA: Mi dispiace non saper leggere; vorrei pregarla mi permettesse poter anch'io leggere un poco su questo libro.

GIACINTA: Hai tu pure de' pensieri che ti molestano?

BRIGIDA: Ne ho uno, signora, che non mi lascia mai, né men quando dormo.

GIACINTA: Dimmi qual è, che può essere ch'io t'insegni qual cellula devi aprire per discacciarlo.

BRIGIDA: Egli è, signora mia, per confessarle la verità, ch'io sono innamoratissima di Paolino, ch'ei mi ha dato speranza di sposarmi; ed ora è a Montenero per servizio del suo padrone, e non si sa quando possa tornare.

GIACINTA: Eh! Brigida, questo tuo pensiere non è sì cattivo, né può essere sì molesto, che tu abbia d'affaticarti per discacciarlo. Il partito non isconviene né a te, né a lui. Non ci vedo ostacoli al tuo matrimonio; basta che, senza chiudere la cellula dell'amore, tu apra quella della speranza.

BRIGIDA: Per dir la verità, mi pare che tutte e due sieno ben aperte.

SERVITORE:	Signora, vengono per riverirla la signora Vittoria, il signor Ferdinando ed il signor Guglielmo.
GIACINTA:	(Oimè!). Niente, niente, vengano. Son padroni.
SERVITORE	(*parte.*)
BRIGIDA:	Eccoci al caso, signora padrona.
GIACINTA:	Sì, ho piacere di trovarmi nell'occasione.
BRIGIDA:	Si ricordi della lezione.
GIACINTA:	L'ho messa in pratica immediatamente. Appena volea molestarmi un pensier cattivo, l'ho subito discacciato pensando al signor Ferdinando, che è persona giocosa, che mi farà ridere infinitamente.
BRIGIDA:	Rida e scuota la macchina, e si diverta.

SCENA OTTAVA

Vittoria, Guglielmo, Ferdinando e le suddette.

VITTORIA:	Ben venuta, la mia cara Giacinta.
GIACINTA:	Ben trovata, ben trovata. Padroni. Presto, da sedere. (*Con grande allegria.*)
FERDINANDO:	Sta bene la signora Giacinta?
GIACINTA:	Bene, benissimo. Non sono mai stata meglio.
GUGLIELMO:	Mi consolo di vederla star bene.
GIACINTA:	Grazie, grazie. Presto, le sedie. Date qui, una sedia qui. (*Prende una sedia con forza.*)
BRIGIDA:	(Ha bisogno di scuoter la macchina).
GIACINTA:	Via, seggano, favoriscano. Che novità ci sono in Livorno? (*Con allegria.*)
VITTORIA:	Io non ho sentito a dir niente di particolare.
GIACINTA:	Qui, qui, il signor Ferdinando che sa tutto, che gira per tutto, ci dirà egli le novità del paese.

FERDINANDO:	Signora, io sono venuto stamattina con voi; che cosa volete ch'io sappia dirvi? Quando non sa qualche cosa il signor Guglielmo.
GUGLIELMO:	Ci è una novità, ma qui non la posso dire.
GIACINTA:	Eh! diteci voi qualche cosa di allegro. (*A Ferdinando, battendolo con forza nel braccio.*)
FERDINANDO:	Ma io non so cosa dire.
VITTORIA:	Sentiamo, se non tutto, qualche cosa almeno di ciò che voleva dire il signor Guglielmo.
GIACINTA:	Voi, voi, raccontateci voi. (*A Ferdinando, battendolo come sopra.*)
BRIGIDA:	(Ora scuote la macchina del signor Ferdinando).
FERDINANDO:	Signora, voi mi volete rompere questo braccio.
GIACINTA:	Poverino! povero delicatino! V'ho fatto male?
GUGLIELMO:	Un poco di carità, signora, un poco di carità.
GIACINTA:	(Oh! che tu sia maladetto!). Ma quanto è grazioso questo signor Ferdinando! Mi fa ridere, mi fa crepar di ridere, e quando rido di core, mi manca il fiato.
VITTORIA:	Che vuol dire, signora Giacinta, che oggi siete sì allegra?
GIACINTA:	Non lo so nemmen io. Ho un brio, ho un'allegrezza di core, che non ho mai provata la simile.
FERDINANDO:	Ci deve essere il suo perché.
GUGLIELMO:	Sarà probabilmente perché si avvicinano le sue nozze.
GIACINTA:	(Gli si possa seccar la lingua!). Avete un gran bell'abito, Vittorina.
VITTORIA:	Eh! un abitino passabile.
FERDINANDO:	Principia anche in lei ad esservi qualche segnale di sposa.
GIACINTA:	L'avete fatto quest'anno?
VITTORIA:	Veramente è dell'anno passato.
GIACINTA:	È alla moda per altro.
VITTORIA:	Sì, l'ho fatto un po' ritoccare.
GIACINTA:	Ve l'ha fatto monsieur de la Réjouissance?
VITTORIA:	Sì, quello che mi ha fatto il mio *mariage*.

FERDINANDO: A proposito di *mariage*, signore mie, quando si fanno le loro nozze?

GIACINTA (*dà una spinta forte a Ferdinando*): Gran vizio che avete voi di voler sempre interrompere quando si parla.

FERDINANDO: Questa mattina voi mi avete preso a perseguitare.

GIACINTA: Sì, voglio perseguitarvi. Voglio far le vendette di quella povera vecchia di mia zia, che voi avete sì maltrattata.

FERDINANDO: E che cosa ho fatto io alla signora Sabina?

GIACINTA: Che cosa le avete fatto? Tutto quel peggio che far le poteste. (*Durante questo discorso, Giacinta va guardando Guglielmo.*) Avete conosciuto la sua debolezza. L'avete tirata giù, l'avete innamorata perdutamente. E un uomo d'onore non ha da fare di queste azioni; un galantuomo non ha da cercar d'innamorare una persona vecchia, o giovane ch'ella sia, quando l'amore non può avere un onesto fine; e quando sa di poter essere di pregiudizio agl'interessi, o al buon concetto di una donna, sia vedova o sia fanciulla, ha da desistere, ha da ritirarsi, e non ha da seguitare a insidiarla, a tormentarla con visite, con importunità, con simulazioni. Sono cose barbare, pericolose, inumane.

FERDINANDO (*si volta a guardare Guglielmo.*)

GIACINTA: Dico a voi, dico a voi. Non occorre che vi voltiate. Intendo di parlare con voi. (*A Ferdinando.*)

FERDINANDO: (La burla passa il segno. I suoi scherzi diventano impertinenze).

VITTORIA: (Si è riscaldata bene la signora Giacinta. Per una parte ha ragione, ma lo ha strapazzato un po' troppo).

GUGLIELMO: (Povero Ferdinando! Egli non capisce dove vanno a ferire le sue parole. Tol di mezzo per causa mia).

FERDINANDO: (Non voglio espormi a soffrir di peggio). Con licenza di lor signore. (*S'alza.*)

GIACINTA: Dove andate?

FERDINANDO: Vo' levarle l'incomodo.

GIACINTA: Eh! via, non fate scene, restate qui. (*Allegra.*)

VITTORIA: Povero galantuomo, l'avete malmenato un po' troppo.

GIACINTA: Eh! via, sedete qui. Ho scherzato. (*Lo fa sedere a forza.*) Povero signor Ferdinando, ve n'avete avuto per male?

FERDINANDO: Signora, gli scherzi quando sono pungenti...

| GIACINTA: | Oh! ecco, ecco mio padre. Ora la conversazione sarà compita. Così vecchio com'è, il cielo lo benedica, terrebbe in allegria mezzo mondo. È più allegro di me cento volte. (*Con allegria.*) |

VITTORIA: (Ma oggi Giacinta è in un'allegria stupenda). (*Piano a Guglielmo.*)

GUGLIELMO: (Sì, è vero). (*Piano a Vittoria.*) (Ed io credo ch'ella si maceri dal veleno. Ma se patisco io, patisca ella ancor qualche cosa). (*Da sé.*)

SCENA NONA

Filippo e detti poi il Servitore.

FILIPPO: Servo di lor signori.

VITTORIA: Benvenuto, signor Filippo.

FILIPPO: Sono venuti a pranzo con noi?

VITTORIA: Oh! no, signore, per me sono venuta a fare il mio debito.

GIACINTA: (Poteva far di meno di venir con colui).

FILIPPO: Se vogliono favorire, sono padroni. Mi faranno piacere. Faremo conto di essere in villeggiatura.

VITTORIA: Per parte mia vi ringrazio. Oggi aspetto visite, ed è necessario che mi trovi in casa.

FILIPPO: E che cos'è del signor Leonardo? (*A Vittoria.*)

VITTORIA: Sta bene. Non l'avete ancora veduto?

FILIPPO: Ancora non ci ha favorito, e ho volontà di vederlo. Suo zio è vivo, o morto?

VITTORIA: È vivo, è vivo: è tornato indietro, non ha ancor volontà di morire.

FILIPPO: Oh! guardate. E i medici l'avevano dato per ispedito. Ho piacere, povero galantuomo! Dite al signor Leonardo che favorisca venir da noi, che si ha da parlare. Si hanno da concludere queste nozze colla mia figliuola.

GIACINTA: (Ecco qui, pare che non si possa parlare, se non si parla di nozze).

VITTORIA: Glielo dirò, signore, e credo ch'egli sarà dispostissimo.

GUGLIELMO:	È poco sollecito il signor Leonardo. Fa torto al merito della signora Giacinta.
GIACINTA:	(Ma che hanno quelle sue indegne parole, che mi fan perfino sudare?). (*Cava il fazzoletto e si asciuga.*)
SERVITORE:	Signori, manda a riverirli la signora Costanza, e dar loro parte ch'è tornata ora a Livorno colla sua nipote. (*Parte.*)
GIACINTA:	Oh! brava, ho piacer grandissimo. Sarà venuto anche il dottorino. Sentiremo le novità di questo bel matrimonio. Quel caro Tognino me lo voglio proprio godere. (*Con allegria forzata.*)
FERDINANDO:	Gran matrimoni! Gran nozze! Ecco qua la signora Rosina, la signora Vittoria, la signora Giacinta.
GIACINTA:	(Oh! che ti venga la rovella!). Oh, voglio subito andar da loro. Ho curiosità grandissima di sapere. Ci andrete anche voi, Vittoria? (*Alzandosi.*)
VITTORIA:	Ci anderò. Ma non a quest'ora.
FILIPPO:	È ora di desinare. Che bisogno c'è che ci andiate adesso?
GIACINTA:	Sì, è vero, ci anderò dopo pranzo. Ho da vestirmi, ho da acconciarmi. Ho d'andare alla tavoletta...
VITTORIA:	Signora Giacinta, vi leveremo l'incomodo. (*S'alza.*)
GIACINTA:	Addio, Vittorina.
VITTORIA:	Serva, signor Filippo.
FILIPPO:	All'onore di riverirla. Si ricordi di dire al signor Leonardo...
GIACINTA:	Voi avete questo vizio di dir cento volte una cosa. Credete che tutti abbiano la poca memoria che avete voi? (*A Filippo, con sdegno.*)
FILIPPO:	Via, via, signora, la non mi mangi. (*A Giacinta.*)
VITTORIA:	A buon rivederci. (*Partendo.*)
GIACINTA:	Addio.
GUGLIELMO:	Servo di lor signori. (*Saluta Filippo e Giacinta.*)
FILIPPO:	Riverisco il signor Guglielmo.
GUGLIELMO:	M'inchino alla signora Giacinta. (*Partendo.*)
GIACINTA:	Serva, serva. (*A Guglielmo.*) Ci divertiremo col signor dottorino. (*A Ferdinando.*)

FERDINANDO:	Moltissimo. Servitor loro. (*Partendo.*)
FILIPPO:	Padrone. (*A Ferdinando.*)
GIACINTA:	Padrone. (*A Ferdinando; partono i tre suddetti.*)
FILIPPO:	Se andate alla tavoletta, spicciatevi, ch'io ho fame e voglio andar a pranzare. (*Parte.*)

SCENA DECIMA

Giacinta, poi Brigida.

GIACINTA:	Son fuor di me. Non so in che mondo mi sia.
BRIGIDA:	Signora padrona, come va la macchina?
GIACINTA:	Taci, per carità. Non cimentarti con barzellette a provocare la mia sofferenza.
BRIGIDA:	Signora, avrei una cosa da dirvi; ma non vorrei che vi metteste in maggior ardenza.
GIACINTA:	E che cosa vorresti dirmi?
BRIGIDA:	Se non vi calmate, non ve la dico.
GIACINTA:	Via, compatiscimi, che merito di essere compatita. Parlami, che ti ascolterò senza sdegno.
BRIGIDA:	Nell'atto che scendeva le scale la signora Vittoria, servita dal signor Ferdinando...
GIACINTA:	Non la serviva Guglielmo? Era servita da Ferdinando?
BRIGIDA:	Sì, signora, il signor Ferdinando le dava braccio.
GIACINTA:	(L'ho sempre detto. Guglielmo non la può soffrire).
BRIGIDA:	Nell'atto dunque ch'essi scendevano, restò indietro il signor Guglielmo. Mi chiamò sottovoce...
GIACINTA:	E che cosa ti ha detto quel temerario?

BRIGIDA: Se andate in collera, non vi dico altro.

GIACINTA: No, non sono in collera. Ti ascolto placidamente. Che cosa ti ha detto?

BRIGIDA: Aveva in mano una lettera...

GIACINTA: Per chi una lettera?

BRIGIDA: Per voi.

GIACINTA: Per me una lettera? Hai tu avuto l'imprudenza di prenderla?

BRIGIDA: Signora no, signora no; non l'ho presa. (Se le dico di averla presa, mi salta agli occhi).

GIACINTA: (A me una lettera? Che mai avrebbe egli ardito di scrivermi?).

BRIGIDA: (Non la voleva; me l'ha voluta dare per forza).

GIACINTA: (Per altro mi avrebbe potuto giovar moltissimo sentir com'egli pensa presentemente).

BRIGIDA: (Faccio conto di gettarla nel foco).

GIACINTA: Ti ha detto nulla nel volerti dare la lettera?

BRIGIDA: Niente affatto, signora.

GIACINTA: Come hai fatto a capire che ti voleva dare una lettera?

BRIGIDA: Mi ha chiamato. Ho veduto ch'egli aveva la carta in mano.

GIACINTA: E come sapesti che quella carta veniva a me?

BRIGIDA: Me l'ha detto.

GIACINTA: Dunque ti ha parlato.

BRIGIDA: Due parole si dicon presto.

GIACINTA: E perché hai tu ricusato di pigliar quella lettera?

BRIGIDA: Perché è un impertinente, che non vuol finire d'importunarvi.

GIACINTA: Gran disgrazia è la mia, che tu abbia sempre da fare il peggio. Sono in un'estrema curiosità. Pagherei quanto ho al mondo, a poter veder quella lettera che tu hai ricusato di prendere.

BRIGIDA: Ma io, signora...

GIACINTA: Tu vuoi far sempre la sufficiente, la politica, la dottoressa.

BRIGIDA: Eh! vi conosco, signora, voi dite così per assicurarvi s'io l'ho presa, o s'io non l'ho presa.

GIACINTA: Brigida, l'hai tu pigliata la lettera? (*Dolcemente.*)

BRIGIDA: E se l'avessi pigliata, mi dareste voi delle bastonate?

GIACINTA: No, cara, ti ringrazierei, ti benedirei, ti farei un regalo che ne resteresti contenta.

BRIGIDA: (Io non so se mi possa fidare).

GIACINTA: Brigida, l'hai tu presa? (*Dolcemente.*)

BRIGIDA: Se devo dirvi la verità, dubitando ch'egli la desse a qualchedun altro, ho creduto meglio di prenderla.

GIACINTA: Ah! dammela. Non mi far morire.

BRIGIDA: Eccola. Ho fatto male a pigliarla?

GIACINTA: No, che tu sia benedetta. Lasciala un po' vedere.

BRIGIDA: Tenete.

GIACINTA: Oh cieli! Mi trema il core, mi trema la mano. Ah! che questa lettera potrebbe essere la mia rovina.

BRIGIDA: Fate a modo mio, signora, abbruciatela, non la leggete.

GIACINTA: Va via. Lasciami sola.

BRIGIDA: Oh! no, compatitemi, non vi lascio sola.

GIACINTA: Va via, dico, non m'inquietare. (*Sdegnata.*)

BRIGIDA: Sì, signora, come comanda. (Eh! già il mio regalo ha da consistere in ingiurie, in rimproveri; già me l'aspetto). (*Parte.*)

SCENA UNDICESIMA

GIACINTA   (*sola*): Non gli basta tormentarmi con delle visite, vuole ancora insolentire con lettere. Ma dica tutto quel che sa dire, è tutt'uno. La massima è già fissata. Gli risponderò in un modo che lo farà arrossire, che lo farà desistere e disperare. Se si è scordato ciò che ho avuto il coraggio di dirgli nel boschetto di Montenero, potrò, scrivendo, farglielo risovvenire. Veggiamo ciò ch'egli ha l'ardire di scrivermi. (*Apre la lettera e siede.*) *Madamigella. Sono venuto questa mattina per riverirvi. Non mi è stato permesso. La cameriera vostra mi ha trattato alquanto villanamente...* Brigida qualche volta è una ragazza arditissima, petulante. Perché trattar male colle persone? S'io non voleva ricevere il signor Guglielmo, non aveva ella per questo da prendersi la libertà di rispondergli con impertinenza.

Sopraggiunto il vostro futuro sposo, quello che avrà la felicita di possedere la vostra mano ed il vostro cuore... Ah! non so, il cuore, non so. *Con maniere anch'egli non meno aspre e insultanti, mi ha costretto ad allontanarmi...* Come! In casa mia? Principia a far da padrone? Vuol comandare prima del tempo? Oh! questo poi non lo vo' soffrire. Ma, povero Leonardo, non ha egli forse motivo di sospettare? Amandomi com'egli mi ama, non sono compatibili i suoi trasporti? Dovendo essere mio consorte, non ha egli da vedere mal volentieri chi gli fa ombra, chi lo inquieta, chi lo conturba? Sì, Leonardo ha ragione. Guglielmo ha il torto. *Non so quand'io potrò avere la fortuna di rivedervi.* Volesse il cielo ch'io non lo vedessi mai più! *Onde mi sono preso l'ardire di scrivervi quest'umilissimo foglio per due ragioni. La prima si è per farvi noto ch'io non ho mancato al mio debito...* Non si può dire ch'egli non sia civile e cortese. *E assicurarvi che dal canto mio non soffrirete inquietudini, promettendovi sull'onor mio che, a costo ancor di morire, sfuggirò ogn'incontro d'importunarvi.* Questa virtuosa rassegnazione ha un grado di merito che non è indifferente. Ah! se prima avessi conosciuto il pregio del suo bel cuore... Ma non vi è più rimedio. Vuol così il mio decoro, il mio impegno, il mio nemico destino.

La seconda ragione che mi muove ad importunarvi con questa lettera, assicuratevi non procedere in me da mal animo, ma da cuor sincero e leale. Si dice pubblicamente, e si sa di certo, essere in tale sconcerto ed in tale rovina il signor Leonardo, che egli non potrà assolutamente supplire ai pesi di un maritaggio, né vostro padre vorrà vedervi precipitata. Oh cieli! che colpo è questo! Che sconvolgimento d'affari! Che novità inaspettata!

Seguite ad amare colui che deve essere vostro sposo. Ma se mai tal non fosse, se mai, senza colpa vostra, vi trovaste disobbligata, permettetemi ch'io vi dica ch'io sono libero tuttavia, che non ho ancora firmata la scritta, e che non m'indurrò mai a sottoscriverla, se non quando vi vedrò maritata. Di più non ardisco dirvi. Compatitemi, e sono col maggior rispetto, e colla più sincera rassegnazione, vostro umilissimo servitore...

Ah! non vi voleva di più per mettermi nella maggiore agitazione del mondo. Poss'io credere a questo foglio? Ma ei non ardirebbe inventare una falsità che si ha ben tosto a verificare; e se Leonardo è in rovina, sono io per questo in libertà di lasciarlo? Ciò dee dipendere da mio padre. E se mio padre fosse debole a segno di volermi sagrificare, sarei io obbligata ad acconsentire alla mia rovina? No, non sarei obbligata. Ogni ragione mi scioglierebbe da un tale impegno. E sciolta ch'io fossi dal vincolo di tali sponsali, potrei dar la mano liberamente a Guglielmo? Che dice il cuore? La ragion che dic'ella? Ah! la ragione ed il cuore mi parlano con due diversi linguaggi. Questo mi stimola a lusingarmi, quella mi anima ai più giusti, ai più virtuosi riflessi. Che cosa mi ha trattenuto finora dal recedere da un impegno che non è indissolubile, e preferire ad uno sposo, sì poco amato, un oggetto amabile agli occhi miei? Non altro che il mio decoro, il giusto timore di essere criticata; qualunque trista avventura dell'infelice Leonardo non metterebbe al coperto la mia debolezza. L'aver io stessa procurato gli sponsali fra Vittoria e Guglielmo, mi vieta assolutamente di farmi io stessa l'origine del loro discioglimento. Guglielmo con questa lettera viene a tentare la mia virtù. Si ha da resistere ad ogni costo. Si ha da lasciar Leonardo, s'ei non mi merita; ma non si ha da rapire alla di lui germana il consorte. Si ha da penare, si ha da morire. Ma si ha da vincere, e da trionfare. (*Parte.*)

ATTO TERZO

<u>SCENA PRIMA</u>

Camera in casa di Filippo.

Fulgenzio, Leonardo ed un Servitore.

FULGENZIO: Quant'è ch'è andato a pranzo il signor Filippo? (*Al Servitore.*)

SERVITORE: È un pezzo, signore. Hanno messo in tavola i frutti e poco può tardar a finire. Se vuol ch'io l'avvisi...

FULGENZIO: No, no, lasciatelo terminar di mangiare. So che la tavola è la sua passione, e gli dispiace assaissimo d'incomodarsi. Non gli dite niente per ora; ma quando è alzato, avvisatelo allora ch'io sono qui.

SERVITORE: Sarà servita. (*Parte.*)

LEONARDO: Voglia il cielo che il signor Filippo non sappia i miei disordini, le mie disgrazie.

FULGENZIO: Sono poche ore ch'egli è arrivato in città. Non è uscito di casa, probabilmente non saprà nulla.

LEONARDO: Sono sì pieno di rossore e di confusione, che non ardisco presentarmi a nessuno. Quel sordido di mio zio ha terminato di avvilirmi, di mortificarmi.

FULGENZIO: Venga il canchero all'avaraccio.

LEONARDO: Ma non ve l'ho detto, signor Fulgenzio? Non v'ho io prevenuto di quel che si poteva sperare da quel cuore disumanato?

FULGENZIO: Non ho mai creduto una simil cosa. Pazienza il dire: non ne ho, non ne posso dare, non ne vo' saper niente. Mi è dispiaciuto la manieraccia impropria con cui ci ha trattati; quella derisione continua, quella corbellatura sfacciata.

LEONARDO: Ho incontrato questo dispiacere per voi, e l'ho sofferto per amor vostro.

FULGENZIO: Non so che dire. Me ne dispiace infinitamente; ma per l'altra parte questo tentativo doveva farsi, ed ho piacere che si sia fatto. Se è andato male, pazienza. Io non vi abbandonerò. Mi sono sempre più interessato nelle cose

48

vostre. Sono in impegno d'assistervi, e vi assisterò. Ponetevi in quiete, rasserenatevi, che vi assisterò.

LEONARDO: Ah! sì, il cielo non abbandona nessuno. È una provvidenza per me il vostro tenero cuore, la vostra generosa bontà.

FULGENZIO: Facciamo ora questo secondo tentativo col signor Filippo. Io mi lusingo riuscirne. Ma in caso contrario non vi perdete d'animo, non vi lascierò perire sicuramente.

LEONARDO: Il progetto vostro non può essere meglio concepito, e il facile temperamento del signor Filippo ci può lusingare d'un esito fortunato. Preveggo bensì difficile il persuadere Giacinta a lasciar Livorno, e venir meco lontana dal suo paese.

FULGENZIO: Quando non vi siano maggiori obbietti per concludere le vostre nozze, ella, o per amore o per forza, sarà obbligata a venir con voi.

LEONARDO: È vero, ma vorrei ci venisse amorosamente; e dubito molto della sua resistenza.

FULGENZIO: Veramente la signora Giacinta è un po' capricciosa ed ostinatella. Me ne sono avveduto allora quando ha voluto seco per forza quel ganimede. Ditemi, come è poi passata in campagna?

LEONARDO: Non so che dire. Ho avuto delle inquietudini e dei dispiaceri non pochi. Finalmente poi il signor Guglielmo ha dato parola di sposar mia sorella.

FULGENZIO: Sì, sì, lo so, un altro frutto della villeggiatura. Se va bene, è un miracolo. (Oh libertà, libertà! Oh come in oggi si maritano le fanciulle!)

LEONARDO: Ecco il signor Filippo.

FULGENZIO: Ritiratevi, se volete. Lasciate che io introduca il discorso.

LEONARDO: Ne attendo l'esito con un'estrema impazienza. (*Parte.*)

<u>**SCENA SECONDA**</u>

Fulgenzio, poi Filippo.

FULGENZIO: Poh! io sono inimicissimo degl'impicci; e ora mi ci trovo dentro senza volerlo. Ci sono entrato per bene, e vo' vedere se mi riesce di far del bene.

FILIPPO: Oh! oh! ecco qui il mio caro signor Fulgenzio.

FULGENZIO: Ben tornato, signor Filippo.

FILIPPO: Ben trovato il mio caro amico.

FULGENZIO: Vi siete divertito bene in campagna?

FILIPPO: Benissimo; siamo stati in ottima compagnia. Si è mangiato bene: vitello prezioso, capponi stupendi, tordi, beccafichi, quaglie, starne, pernici. Ho dato mangiate, v'assicuro io, solennissime.

FULGENZIO: Ho piacere che ve la siate goduta. Ora poi che siete ritornato...

FILIPPO: Quel pazzo di Ferdinando ci ha fatto crepar di ridere.

FULGENZIO: Sì, in campagna ci vuol sempre qualcheduno che promova il divertimento.

FILIPPO: Si è messo in capo di far disperare quella povera sciocca di mia sorella. Sentite se è maladetto...

FULGENZIO: Mi racconterete con comodo; permettete che ora vi dica...

FILIPPO: No, no, sentite, se volete ridere...

FULGENZIO: Ora non ho gran voglia di ridere. Ho necessità di parlarvi.

FILIPPO: Eccomi, parlate pure come vi aggrada.

FULGENZIO: Ora, signor Filippo, che siete ritornato in città...

FILIPPO: Conoscete voi il medico di Montenero?

FULGENZIO: Lo conosco.

FILIPPO: E il suo figliuolo lo conoscete?

FULGENZIO: No, non l'ho mai veduto.

FILIPPO: Oh che capo d'opera! Oh che testa balorda! Oh che carattere delizioso! Cose, cose da smascellarsi.

FULGENZIO: Non mancherà tempo. Sentirò anch'io volentieri...

FILIPPO: Ed è toccato a me giocare a bazzica con questo sciocco.

FULGENZIO: Amico, se non mi volete ascoltare, ditemelo liberamente. Me n'anderò.

FILIPPO: Oh! cosa dite mai? Se vi voglio ascoltare? Capperi! Il mio caro amico Fulgenzio, v'ascolterei se veniste di mezzanotte.

FULGENZIO: Alle corte. Ora che siete tornato a Livorno, pensate voi di voler concludere il maritaggio di vostra figliuola?

FILIPPO: Ci ho pensato, e ci penserò.

FULGENZIO: Avete ancora veduto il signor Leonardo?

FILIPPO: No, non l'ho ancora veduto. So che è stato qui; ma non l'ho ancora veduto. Già io ho da esser l'ultimo in tutto, e sarò l'ultimo ancora in questo.

FULGENZIO: (Da quel ch'io sento, pare non sappia niente dei disordini di Leonardo).

FILIPPO: A Montenero io era sempre l'ultimo in ogni cosa. Sino al caffè i garzoni servivano tutti, ed io l'ultimo.

FULGENZIO: Ora, nell'affare di cui si tratta, voi avete da essere il primo.

FILIPPO: Eh! lo so perché ho da essere il primo. Perché ho da metter fuori gli ottomila scudi di dote.

FULGENZIO: Ditemi, in confidenza, fra voi e me: questi ottomila scudi li avete voi preparati?

FILIPPO: Per dirvi sincerissimamente la verità, presentemente non le potrei dare nemmeno ottomila soldi.

FULGENZIO: E come intendereste dunque di fare?

FILIPPO: Non saprei. Ho de' fondi, ho de' capitali; credete voi che non si potessero ritrovare?

FULGENZIO: Sì, a interesse si potrebbero ritrovare.

FILIPPO: Bisognerà dunque ch'io li ritrovi a interesse.

FULGENZIO: E che paghiate almeno il quattro per cento.

FILIPPO: Bisognerà ch'io paghi il quattro per cento.

FULGENZIO: Sapete voi che il quattro per cento, per un capitale di ottomila scudi, porta in capo all'anno trecento e venti scudi d'aggravio?

FILIPPO: Corpo di bacco! Trecento e venti scudi di meno?

FULGENZIO: Eppure questo matrimonio si ha da concludere. La scritta è fatta. La dote voi l'avete promessa.

FILIPPO: Ma io son uno che fa e promette, perché mi fanno fare e promettere. Quando siete venuto voi a parlarmi, perché non mi avete fatti allora que' conti che mi fate presentemente? Scusatemi, io credo di aver occasione di lamentarmi di voi. Se mi foste quel buon amico che dite...

FULGENZIO:	Sì, vi son buon amico. E un mio consiglio vi metterà in calma di tutto, e vi farà comparir con onore. Voglio che maritiate la figlia senza incomodarvi di un paolo, senza dipendere da nessuno. E colla sicurezza ch'ella stia bene, e che non le possa essere intaccata la dote.
FILIPPO:	Se mi fate veder questa, vi stimo per il primo uomo, per la prima testa di questo mondo.
FULGENZIO:	Ditemi un poco: a Genova non avete voi degli effetti?
FILIPPO:	Sì, ci ho qualche cosa che mi ha lasciato un mio zio. Ma non so dire precisamente che cosa. Maneggia uno ch'era il di lui ministro. In sei anni non mi ha mandato altro che due ceste di maccheroni.
FULGENZIO:	Io sono stato a Genova in vita di vostro zio e dopo la di lui morte, e so quel che c'è e che non c'è. Il ministro vi mangia tutto, e giacché per l'incuria vostra non ne ricavate profitto alcuno, fate così: assegnate in dote a vostra figliuola i beni che avete in Genova. Io farò che il signor Leonardo li accetti, e se ne contenti. Andrà egli ad abitare in Genova colla consorte, maneggierà *uxorio nomine* quegli effetti, non li potrà consumare o disperdere, perché saranno ipotecati alla dote; e per dirvela schiettamente, a voi non rendono nulla, e a lui sul fatto, con un poco di direzione, possono rendere il doppio di quello che gli renderebbero gli ottomila scudi in Livorno. Ah! cosa dite?
FILIPPO:	Bene, benissimo, glieli do volentieri. Vadano a Genova; se li godano in pace, rendano quel che san rendere, non ci penso. Fate voi, mi rimetto in voi.
FULGENZIO:	Non occorr'altro. Lasciate operare a me.
FILIPPO:	Ehi! dite: non si potrebbe vedere di obbligare Leonardo a mandarmi qualche cesta di maccheroni?
FULGENZIO:	Sì, vi manderà delle paste quante volete, dei canditi di Genova, delle melarancie di Portogallo.
FILIPPO:	Oh! che le melarancie mi piacciono tanto. Oh! che mi piacciono tanto i canditi. La cosa è fatta.
FULGENZIO:	È fatta dunque.
FILIPPO:	È fattissima.
FULGENZIO:	E vostra figlia sarà poi contenta?
FILIPPO:	Questo è il diavolo.
FULGENZIO:	Ma voi non avete animo di farla fare a modo vostro?
FILIPPO:	Non ci sono avvezzo.
FULGENZIO:	Questa volta dovete farlo.

| **FILIPPO:** | Lo farò. |

| **FULGENZIO:** | Si tratta di tutto. |

| **FILIPPO:** | Lo farò, vi dico, lo farò. |

FULGENZIO: Quando le parlerete?

FILIPPO: Ora, in questo momento. Vado immediatamente: aspettatemi colla risposta. (*In atto di partire.*) Non sarebbe meglio ch'io la facessi venir qui, e che le diceste qualche cosa voi?

FULGENZIO: Perché non le volete parlar voi?

FILIPPO: Le parlerò poi ancor io.

FULGENZIO: Via, andate, e fatela venir, se volete.

FILIPPO: Subito, immediatamente. (Felice me, se succede! Se resto solo, se non isminuisco l'entrata, me la voglio godere da paladino). (*Parte.*)

<u>SCENA TERZA</u>

Fulgenzio, poi Leonardo

FULGENZIO: La cosa finora va bene. Basta che non ci faccia disperare quel capolino di sua figliuola.

LEONARDO: Signor Fulgenzio, mi par che siamo a buon porto.

FULGENZIO: Avete sentito?

LEONARDO: Ho sentito ogni cosa. Prego il cielo che Giacinta si accomodi a questa nuova risoluzione.

FULGENZIO: Or or sentiremo. Finalmente, se il padre non è un babbuino, la figliuola dee rassegnarsi.

LEONARDO: Pensava a un'altra cosa, signor Fulgenzio. Come ho da fare per i debiti di Livorno? Ho d'andarmene di nascosto? Ho da fare una figura trista?

FULGENZIO: Ho pensato anche a questo. Stabilito che sia il nuovo accordo col signor Filippo, voi farete a me una procura. Metterete i beni vostri nelle mie mani, ed io mi farò mallevadore per voi: pagherò i creditori, e col tempo vi renderò i vostri effetti liberi, netti, e ben custoditi.

53

| **LEONARDO:** | Oh cieli! Io non ho termini sufficienti per ringraziarvi. |

| **FULGENZIO:** | Ringraziate vostro zio Bernardino. |

| **LEONARDO:** | E perché ho da ringraziare quel sordido? |

| **FULGENZIO:** | Perché io ho sempre desiderato di farvi del bene; ma per cagion sua mi ci sono impegnato a tal segno, che sagrificherei del mio se occorresse. |

| **LEONARDO:** | Sì, ma non lo fareste se non aveste un cuor buono. |

SCENA QUARTA

Filippo e detti.

| **FILIPPO:** | La sapete la nuova?... Oh! schiavo, signor Leonardo. |

| **LEONARDO:** | Riverisco il signor Filippo. |

| **FULGENZIO:** | E che c'è di nuovo? (*A Filippo.*) |

| **FILIPPO:** | Mia figlia è sortita di casa, e mi hanno detto che è andata a far visita alla signora Costanza. |

| **LEONARDO:** | Ah! me ne dispiace infinitamente. |

| **FILIPPO:** | Vi ha detto nulla il signor Fulgenzio? (*A Leonardo.*) |

| **LEONARDO:** | Sì, signore. Qualche cosa mi ha detto. |

| **FILIPPO:** | Ebbene, siete voi contento? (*A Leonardo.*) |

| **LEONARDO:** | Son contentissimo. |

| **FILIPPO:** | Sia ringraziato il cielo, saremo tutti contenti. |

| **LEONARDO:** | Ma la signora Giacinta? |

| **FILIPPO:** | Andiamola a ritrovare dalla signora Costanza. |

| **FULGENZIO:** | Si può aspettar ch'ella torni. |

| **LEONARDO:** | Mia sorella deve andarci ancor ella. Può esser ci siano insieme. |

FILIPPO:	Non sarebbe mal fatto che ci andassimo ancora noi.
LEONARDO:	È vero. Noi dobbiamo una visita alla signora Costanza.
FILIPPO:	E con questa occasione parleremo a Giacinta.
FULGENZIO:	Ma in casa d'altri non si può parlare liberamente.
FILIPPO:	Se non si potrà parlare, la farò venir via.
LEONARDO:	Che dite, signor Fulgenzio?
FULGENZIO:	Io dico che un'ora prima, un'ora dopo...
FILIPPO:	Ed io vi dico che si ha da andare immediatamente. (*Con sdegno.*)
LEONARDO:	Andiamo, non lo facciamo irritare. (*Parte.*)
FULGENZIO:	Siete ben ostinato, signor Filippo! (*Parte.*)
FILIPPO:	Eh! son uomo. So quel che faccio, so quel che dico. Per politica, per direzione, non la cedo a nessuno di questo mondo. (*Parte.*)

<u>SCENA QUINTA</u>

Camera in casa di Costanza.

Costanza e Rosina.

COSTANZA:	Rosina, mettetevi all'ordine, che andiamo a far queste visite.
ROSINA:	E dove abbiamo da andare sì presto? Siamo appena arrivate.
COSTANZA:	Voglio che andiamo dalla signora Giacinta e dalla signora Vittoria.
ROSINA:	Scusatemi, signora zia, essendo noi venute a Livorno dopo di loro, tocca a loro a far visita prima a noi.
COSTANZA:	E questo è quello ch'io non vorrei. Se vengono qui, come volete ch'io le riceva? Non vedete che casa è questa? Non c'è una camera propria, tutto vecchio, tutto antico, tutto in disordine.
ROSINA:	Per dire la verità, c'è una gran differenza da questa casaccia al bel casin di campagna.

COSTANZA:	La differenza si è, che quello me l'ho fornito io di mio gusto, e questa casa è fornita secondo il genio zotico di mio marito.
ROSINA:	Oh! il signor zio non ci pensa. Egli non tratta che bottegai, e non gli preme niente la pulizia.
COSTANZA:	Questa cosa io non la posso soffrire; da qui innanzi voglio stare in campagna dieci mesi dell'anno. Almeno lì sono rispettata.
ROSINA:	Il signor dottore non vi servirà più.
COSTANZA:	Per verità mi dispiace aver perduta l'amicizia del signor dottore. Ho fatto questo sacrifizio per amor vostro. Vi voglio bene, desiderava di maritarvi, voi non avete dote ed io non poteva darvene; e se non capitava questo ragazzo, ho timore che sareste stata lì per un pezzo.
ROSINA:	Son maritata, è vero; ma questo mio matrimonio mi dà finora pochissima consolazione. Non ho un anelletto, non ho un abitino da sposa, non ho niente da comparire; che cosa volete che dicano le persone?
COSTANZA:	Col tempo avrete il vostro bisogno. Per ora non è necessario di dire che vi ha sposata. Si sono fatte le cose segretamente, e non l'ha da sapere nessuno. Quando poi il signor dottore sarà obbligato a passar gli alimenti al figliuolo, allora si pubblicherà il matrimonio.
ROSINA:	Tutto sta che Tognino non lo vada egli dicendo a chi non lo vorrebbe sapere.
COSTANZA:	Basta avvisarlo. Dov'è Tognino che non si vede?
ROSINA:	È di là che si veste.
COSTANZA:	Si veste? E come si veste?
ROSINA:	Mi ha detto che essendo in città, si vuol vestire con pulizia.
COSTANZA:	E cosa si vuol mettere, se non ha altro al mondo che quell'anticaglia che portava per Montenero?
ROSINA:	Mi ha detto che ha portato via un abito di suo padre.
COSTANZA:	Suo padre è un palmo più alto di lui.
ROSINA:	Eh, Tognino non è tanto piccolo di statura.
COSTANZA:	Bisognerà che subito subito ei vada a Pisa, e che si metta a studiare.
ROSINA:	Subito subito ha da andare a Pisa?
COSTANZA:	Volete voi ch'egli perda il tempo?
ROSINA:	No, ma così subito!

COSTANZA:	Quanto vorreste ch'egli aspettasse?
ROSINA:	Un mese almeno.
COSTANZA:	Basta, poco più, poco meno.
ROSINA:	Eccolo, eccolo, è già vestito.

SCENA SESTA

*Tognino con un abito assai lungo, con parrucca lunga a tre nodi e cappello colla piuma all'antica;
poi un Servitore.*

TOGNINO:	Oh! eccomi. Ah! sto bene?
COSTANZA:	Oh che figura! Non ve l'ho detto io, che sarebbe stato una caricatura? (*A Rosina.*)
ROSINA:	Eh! gli è un poco lungo, ma non vi è male.
COSTANZA:	Eh! andatevi a levar quel vestito. Parete in veste da camera.
TOGNINO:	Volete ch'io vada per città col giubbone da viaggio?
COSTANZA:	E non avete il vostro abito consueto?
TOGNINO:	Signora no.
COSTANZA:	E che cosa ne avete fatto?
TOGNINO:	L'ho dato al servitore acciò m'aiutasse a portar via questo a mio padre.
COSTANZA:	Certo avete fatto un bel cambio!
TOGNINO:	È bello, è gallonato. È un po' lunghetto, ma non importa. Ah! non mi sta bene? Ah! cosa dite, Rosina? Ah!
ROSINA:	Bisognerebbe che ve lo faceste accomodare alla vita.
TOGNINO:	Me lo farete accomodare, signora zia? (*A Costanza.*)
COSTANZA:	Zitto, malagrazia. Non mi dite zia; per ora non si ha da sapere che sia seguito fra di voi il matrimonio. Non lo dite a nessuno, e abbiate giudizio, e non vi fate scorgere.

TOGNINO: Oh! io non parlo.

ROSINA: E bisognerà che pensiate a mettere il cervello a partito.

TOGNINO: Cosa vuol dire mettere il cervello a partito?

ROSINA: Far giudizio, studiare, imparar bene la professione del medico.

TOGNINO: Oh! per istudiare, studierò quanto voi volete. Basta che non mi lasciate mancar da mangiare, che mi conduciate a spasso, che mi lasciate giocar a bazzica.

COSTANZA: Eh povero scimunito!

TOGNINO: Che cos'è questo scimunito?

COSTANZA: Se non avrete cervello...

TOGNINO: Io non voglio essere strapazzato...

SERVITORE: Signora... (*A Costanza.*)

TOGNINO: Son maritato, e non voglio essere strapazzato.

COSTANZA: Zitto.

ROSINA: Zitto.

SERVITORE: È maritato il signor Tognino?

COSTANZA: Egli non sa quello che si dica. E tu non entrare in quelle cose che non ti appartengono. (*Al Servitore.*)

SERVITORE: Perdoni. La signora Giacinta è qui poco lontana, che viene per riverirla.

COSTANZA: (Povera me!). La signora Giacinta! (*A Rosina.*)

ROSINA: Cosa volete fare? Convien riceverla. (*A Costanza.*)

COSTANZA: Sa che sono in casa? (*Al Servitore.*)

SERVITORE: Lo saprà certamente. Ha mandato il servitore, e il servitore lo sa.

COSTANZA: (Ci vuol pazienza, convien riceverla). Dille che è padrona... Senti: dille che compatisca, che sono venuta ora di villa, che ho la casa sossopra. Senti: va alla bottega ad ordinare il caffè. Ehi! senti: se viene a casa mio marito, digli che non mi comparisca dinanzi come sta in bottega: o che si vesta bene, o che si contenti di stare nella sua camera.

SERVITORE: (Oh quanta maladetta superbia!). (*Parte.*)

COSTANZA:	E voi andate via di qui. Non vi lasciate vedere in quella caricatura. (*A Tognino.*)
TOGNINO:	Certo, mi mandate via perché non beva il caffè; e io ci voglio stare.
COSTANZA:	Andate, vi dico, che se mi fate muover la bile, vi caccio via di casa come un birbante.
TOGNINO:	Son maritato.
COSTANZA:	Rosina, or ora non posso più.
ROSINA:	Via, via, caro, andate di là, che il caffè lo porterò io.
TOGNINO:	Son maritato, e son maritato. (*Parte.*)

SCENA SETTIMA

Costanza, Rosina, poi Giacinta.

COSTANZA:	Sentite, se continua così, io non lo soffro assolutamente. (*A Rosina.*)
ROSINA:	Compatitelo, è ancor ragazzo.
COSTANZA:	Ehi! sì, scusatelo.
ROSINA:	Ma, signora, se è mio marito, convien ben ch'io lo scusi. Finalmente me l'avete dato voi, ed io l'ho preso per consiglio vostro.
COSTANZA:	Ecco la signora Giacinta. (Mi sta bene, merito peggio).
ROSINA:	Se non sa più di così, è inutile di rimproverarlo.
GIACINTA:	Serva, signora Costanza.
COSTANZA:	Serva umilissima.
ROSINA:	Serva divota.
GIACINTA:	Riverisco la signora Rosina.
COSTANZA:	Si è voluta incomodare la signora Giacinta.
GIACINTA:	Anzi son venuta a fare il mio debito.

COSTANZA: Mi spiace infinitamente ch'ella mi trova qui colla casa sì malandata, che propriamente mi fa arrossire.

GIACINTA: Oh! sta benissimo. Non ha da far con me queste ceremonie.

COSTANZA: È poco tempo ch'io sono venuta a star qui, e poi sono andata in campagna, e tutte le cose sono ancora alla peggio. Favorisca d'accomodarsi. Compatisca se la seggiola non è propria.

GIACINTA: Anzi è proprissima. (Tanto sfarzo in campagna, e sta qui in un porcile). (*Da sé.*)

ROSINA: (Che dite eh? Si è messa in magnificenza). (*A Costanza.*)

COSTANZA: (Eh! in quanto a questo, se è venuta per farmi visita, non doveva venire in succinto).

GIACINTA: Che nuove mi portano di mia zia?

ROSINA: Oh! la povera signora Sabina è travagliatissima. Sono stata a farle una visita prima di partire, e mi ha dato una lettera per il signor Ferdinando.

GIACINTA: Oh! quanto volentieri sentirei quello che gli scrive.

ROSINA: Io credo che il signor Ferdinando non avrà difficoltà di mostrarla.

GIACINTA: (Cerco ogni strada per divertirmi; ma ho una spina nel core che mi tormenta).

COSTANZA: Come sta il signor Leonardo, signora Giacinta?

GIACINTA: Sta bene.

ROSINA: E la signora Vittoria?

GIACINTA: Benissimo.

COSTANZA: E il signor Guglielmo?...

GIACINTA: È egli vero che il signor Tognino è venuto a Livorno con loro?

COSTANZA: Sì, signora, ci è venuto per qualche giorno.

ROSINA: Perché deve passare a Pisa.

COSTANZA: Per istudiare.

ROSINA: Per addottorarsi.

GIACINTA: Sì, sì, è venuto per andare a Pisa, e le male lingue dicevano che aveva sposato la signora Rosina.

ROSINA:	Le male lingue dicevano?
GIACINTA:	Io ho sempre detto, ch'ella non avrebbe mai fatta questa bestialità.
ROSINA:	Sarebbe una bestialità veramente?
COSTANZA:	Favorisca, le di lei nozze si faranno presto?
GIACINTA:	Non lo so ancora. Io dipenderò da mio padre.
ROSINA:	E quelle della signora Vittoria col signor Guglielmo?
GIACINTA:	Che vuol dire che sono anch'esse ritornate quest'anno prima del solito?
COSTANZA:	Non c'era più nessuno in campagna. Il signor Leonardo e la signora Vittoria hanno sconcertato il divertimento.
ROSINA:	Ma quando si marita la signora Vittoria? (*A Giacinta.*)
GIACINTA:	Io non lo so, signora, lo domandi a lei.
ROSINA:	Per quel ch'io vedo, anche il matrimonio della signora Vittoria a lei deve parere un'altra bestialità. (*A Giacinta.*)
GIACINTA:	Con permissione. Le voglio levar l'incomodo. (*Si alza.*)
COSTANZA:	Favorisca, aspetti, che prenderemo il caffè.
GIACINTA:	No, le sono obbligata.
COSTANZA:	Eccolo, eccolo. Mi faccia questa finezza.
GIACINTA:	Per non ricusar le sue grazie. (*Siedono. Portano il caffè.*) (Pare che lo facciano apposta per tormentarmi).
COSTANZA:	Si serva. (*Dà il caffè a Giacinta.*)
ROSINA:	Con permissione. (*Vuol portare il caffè a Tognino; lo dà al Servitore, e ritorna subito.*) Visite, signora zia; abbiamo dell'altre visite.
COSTANZA:	E chi viene?
ROSINA:	La signora Vittoria, il signor Ferdinando e il signor Guglielmo.
GIACINTA:	(Oh povera me!)
ROSINA:	Guardi, guardi, che ha versato il caffè sull'andriene.
GIACINTA:	(Maladetto sia chi mi ha obbligato a restare). (*Si pulisce.*)
ROSINA:	Vuole dell'acqua fresca?

GIACINTA:	Eh! Non s'incomodi, non importa. (*Con dispetto.*)
ROSINA:	Eccoli, eccoli.

SCENA OTTAVA

Vittoria, Guglielmo e dette.

VITTORIA:	Serva sua, ben trovate.
COSTANZA:	Serva.
ROSINA:	Serva.
GUGLIELMO:	Servitor loro.
VITTORIA:	Voi pure siete qui, signora Giacinta?
GIACINTA:	Sono venuta anch'io a fare il mio debito.
ROSINA:	A farmi grazia.
GIACINTA:	(Così mi fossi rotto uno stinco pria di venirci).
COSTANZA:	Favoriscano. Ho fatte già le mie scuse colla signora Giacinta; non ho ancora potuto ammobigliar la casa; favoriscano di seder come possono.
GUGLIELMO:	Scusi, signora Costanza, se sono venuto io pure ad incomodarla. Mi ha ritrovato a caso per istrada la signora Vittoria, e mi ha obbligato ad accompagnarla.
GIACINTA:	(Lo capisco, il perfido! lo capisco).
ROSINA:	Anzi mi ha fatto grazia; e sono obbligata di ciò alla signora Vittoria.
GIACINTA:	Dite, signora Vittoria, non era con voi il signor Ferdinando?
VITTORIA:	Sì, il signor Ferdinando è stato a pranzo da noi. Il signor Guglielmo si compiace poco di favorirmi, ed io, per non venir sola, ho profittato della compagnia del signor Ferdinando.
GIACINTA:	E che vuol dire ch'ei vi ha lasciata sola col signor Guglielmo?
GUGLIELMO:	Egli è venuto fino alla porta di questa camera.

VITTORIA:	Ella parla con me, e volete risponder voi? (*A Guglielmo.*) E che importa alla signora Giacinta che sia venuto o non venuto il signor Ferdinando?
GIACINTA:	M'importa, perché queste signore hanno da presentargli una lettera della signora Sabina.
ROSINA:	Sì, certo. Eccola qui; e gliela devo dare in mano propria.
COSTANZA:	Anch'io, stando qui, l'ho veduto in sala: non so dove si sia trattenuto.
ROSINA:	Sarà in casa; sarà in qualche camera. Io non lo vado a cercare sicuramente.
COSTANZA:	(Non vorrei che si divertisse a far parlare quello stolido di Tognino).
GUGLIELMO:	La signora Sabina scrive adunque una lettera al signor Ferdinando?
ROSINA:	Sì, signore, e l'ha consegnata a me.
GUGLIELMO:	Sarà giusto che il signor Ferdinando risponda.
ROSINA:	Risponderà, se avrà volontà di rispondere.
GUGLIELMO:	Vuole la convenienza, che quando si riceve una lettera, si risponda. (*Guardando Giacinta.*)
GIACINTA:	Bisogna vedere se la lettera merita una risposta.
GUGLIELMO:	Qualunque lettera costringe le persone civili a rispondere; molto più se è una lettera onesta, scritta con sincerità e con amore.
GIACINTA:	L'amore non è lecito in tutti, e l'onestà si confonde talvolta coll'interesse.
VITTORIA:	Per quel ch'io sento, il signor Guglielmo e la signora Giacinta sono bene informati del contenuto di quella lettera.
GUGLIELMO:	A tutti è nota la passione della signora Sabina.
GIACINTA:	E tutti sanno essere una passione che non merita di essere secondata.
VITTORIA:	Questa lettera la sentirei anch'io volentieri. Eccolo, eccolo, il signor Ferdinando.

SCENA NONA

Ferdinando, Tognino e detti; poi il Servitore.

FERDINANDO: Venite qui, gioia mia, dolcezza mia, amabilissimo il mio Tognino.

VITTORIA: (Oh bello!).

COSTANZA: (L'ho detto!).

ROSINA: (Grand'impertinente è quel signor Ferdinando!).

TOGNINO: Padroni. Servitor suo.

COSTANZA: Andate via di qua. (*A Tognino.*)

FERDINANDO: Lasciatelo stare, signora, e portategli rispetto, che è maritato.

COSTANZA: Chi ve l'ha detto che è maritato?

FERDINANDO: Mi è stato detto da lui.

COSTANZA: Non è vero niente. (*A Ferdinando.*)

FERDINANDO: Non è vero niente? (*A Tognino.*)

TOGNINO: Non è vero niente. (*A Ferdinando, mortificato.*)

FERDINANDO: Oh! bene dunque se non è vero, ci ho gusto. Se non siete sposato colla signora Rosina, sappiate che io ci pretendo, e che voi non l'avrete, e la sposerò io.

TOGNINO: Cu cu! (*Fa il verso del cucco, burlandosi di lui.*)

FERDINANDO: Cu, cu? Che cosa vuol dire questo cu, cu?

TOGNINO: Corpo di bacco! Vuol dire che la Rosina...

ROSINA: Tacete voi. Dite al signor Ferdinando che vada a sposare la signora Sabina. Ecco una sua lettera che viene a lui.

FERDINANDO: Una lettera della mia cara Sabina?

ROSINA: Sì, signore, me l'ha consegnata questa mattina.

FERDINANDO: Oh! cara la mia gioietta! La leggerò col maggior piacere del mondo.

VITTORIA: La vogliamo sentire anche noi.

COSTANZA: Sì, certo, anche noi.

GUGLIELMO: Ricordatevi che alle lettere si risponde. (*A Ferdinando.*)

GIACINTA: Quando meritino d'aver risposta. (*A Ferdinando.*)

FERDINANDO:	Benissimo, ci s'intende.
VITTORIA:	Leggete forte, che tutti sentano.
FERDINANDO:	Vi prometto di non lasciar fuori una virgola. (*Apre la lettera.*)
SERVITORE:	Signora, il signor Filippo, il signor Leonardo e il signor Fulgenzio, che bramano riverirla. (*A Costanza.*)
COSTANZA:	Dite loro che son padroni, che restino serviti. Portate qui delle seggiole. (*Al Servitore.*)
SERVITORE:	(Se ce ne fossero; ma non ce ne sono tante che bastino). (*Parte.*)
VITTORIA:	Mi dispiace ora quest'interrompimento. Vorrei sentir quella lettera. Date qui, non l'avete da leggere senza di noi. (*Leva la lettera di mano a Ferdinando.*)

SCENA DECIMA

Filippo, Leonardo, Fulgenzio e detti.

FILIPPO:	Servo di lor signori. (*Tutti si alzano.*)
TOGNINO:	Oh! padrone, signor Filippo.
FILIPPO:	Oh la bella figura!
TOGNINO:	Vuol giocare a bazzica?
FILIPPO:	Eh! non mi seccate. Giacinta, con licenza della padrona di casa, avrei bisogno di dirvi una parolina.
COSTANZA:	Servitevi come vi piace.
LEONARDO:	Scusatemi, signore. Noi siamo qui per fare il nostro dovere colla signora Costanza. Non vi mancherà tempo di parlare alla signora Giacinta. (*A Filippo.*)
FILIPPO:	Ma io, quando ho qualche cosa nel capo, sono impaziente. La signora Costanza è buona, e me lo permetterà.
COSTANZA:	Vi torno a dire, signore, accomodatevi come vi piace.
GIACINTA:	(Che mai vuol dirmi mio padre? Sono in un'estrema curiosità).

| **FILIPPO:** | Se ci favorisce una camera, le dico due parole, e poi torniamo qui a godere della sua amabile compagnia. (*A Costanza.*) |

| **GIACINTA:** | Se la ci facesse questo piacere... (*A Costanza.*) |

| **COSTANZA:** | Perdonino, le camere sono ancora ingombrate. Se comandano, si ponno servire in sala. |

| **FILIPPO:** | Sì, sì, tutto comoda; andiamo, andiamo. Con permissione. (Oh io, quando si tratta di far presto, e bene!). (*Parte.*) |

| **GIACINTA:** | Con licenza. Ora torno. (Mi trema il core). (*Parte.*) |

| **FULGENZIO:** | (Oh! cosa sperate.?). (*A Leonardo.*) |

| **LEONARDO:** | (Pochissimo). (*A Fulgenzio.*) (Ah! Guglielmo vuol essere la mia rovina). (*Parte.*) |

| **FULGENZIO:** | (Se fosse mia figlia, o dovrebbe fare a mio modo, o crepare). (*Parte.*) |

| **TOGNINO:** | (Voglio andare in cucina a sentir quel che dicono). (*Parte.*) |

SCENA UNDICESIMA

Vittoria, Guglielmo, Costanza, Rosina e Ferdinando.

| **GUGLIELMO:** | (Mi par di essere al punto di dover sentire la mia sentenza. Chi sa ancora ch'ella non sia favorevole?). |

| **FERDINANDO:** | Chi sa quanto staranno in questo colloquio; ed io muoio di volontà di leggere quella lettera. |

| **VITTORIA:** | Via, se la volete legger, leggetela. La sentiremo noi; e non mancherà tempo di farla sentire alla signora Giacinta. |

| **COSTANZA:** | Confesso il vero, che la sento anch'io volentieri. |

| **ROSINA:** | Povera donna! quando me l'ha data, piangeva. |

| **FERDINANDO:** | Cospetto! pare scritta in arabico. |

| **VITTORIA:** | Signor Guglielmo, dormite? |

| **GUGLIELMO:** | Signora no, non dormo. |

VITTORIA: (Io non so come abbia da essere con quest'uomo. Egli è tutto flemma, io son tutta foco).

FERDINANDO: Ora ho principiato a trovare il filo.

VITTORIA: Leggete tutto, e non ci fate la baronata di lasciar fuori qualche bel sentimento.

FERDINANDO: Colla maggiore onoratezza del mondo. Sentite: *Crudele: (tutti ridono moderatamente) voi mi avete ferito il cuore; voi siete il primo che abbia avuto la gloria di vedermi piangere per amore. Se sapeste, se vi potessi dir tutto, vi farei forse piangere per compassione. Ah! la modestia non mi permette dir d'avvantaggio. Dacché siete di qua partito, non ho mangiato, non ho bevuto, non ho potuto dormire. Povera me! mi son guardata allo specchio, e quasi più non mi riconosco. S'impassiscono le mie guancie, e il lungo pianto m'indebolisce la vista a segno, che appena veggio la carta su cui vi scrivo. Ah! Ferdinando, cuor mio, mia speranza, bellezza mia. (Tutti ridono.)* Ridete forse perché mi dice bellezza sua?

VITTORIA: Ci vede poco la poverina.

ROSINA: Ha cispi gli occhi.

COSTANZA: Ha la lacrimetta perenne.

FERDINANDO: Bene, bene. Ella conosce il merito, e tanto basta.

VITTORIA: Sentiamo la conclusion della lettera.

FERDINANDO: Meritereste che non leggessi più oltre.

VITTORIA: Eh! via, vogliamo sentire.

FERDINANDO: Dove sono? Dove ho lasciato?

VITTORIA: Dormite, signor Guglielmo?

GUGLIELMO: Signora no.

FERDINANDO: Ecco, l'ho ritrovato. *Mia speranza, bellezza mia, venite per pietà a consolarmi. Ah! sì, venite; se voi mi amate, non sarò ingrata; e se non vi basta il cuore che vi ho donato, venite, o caro, che vi esibisco e prometto...* Che diavolo! Scrive qui, che non si capisce; quando ha scritte queste due righe, convien dire che le tremasse molto la mano. Ora, ora, principio a intendere. *Venite, o caro, che vi esibisco e prometto una donazione, la donazione, un'ampia donazione, vi prometto la donazione (un'altra volta), la donazione vi prometto di tutto il mio!*

Vostra fedelissima amante e futura sposa

Sabina Borgna

VITTORIA:	Bravo!
COSTANZA:	Me ne consolo.
ROSINA:	E che vivano le bellezze del signor Ferdinando.
VITTORIA:	Sicché dunque cosa risolvete di fare?
FERDINANDO:	Un'eroica risoluzione. Prendo immediatamente la posta, e me ne vo a consolare, a soccorrere la mia adorata Sabina. Servitor umilissimo di lor signori. (*Parte.*)
VITTORIA:	Si va a consolar colla donazione.
COSTANZA:	Povera vecchia pazza!
VITTORIA:	Signor Guglielmo, dormite?
GUGLIELMO:	Non signora.
VITTORIA:	Non ridete di queste cose?
GUGLIELMO:	Non ho voglia di ridere.
VITTORIA:	(Oh che satiro!).
ROSINA:	Oh! eccoli: il congresso è finito.
GUGLIELMO:	(Sono in ansietà di sapere). (*S'alza.*)
VITTORIA:	Pare che ora vi risvegliate. (*A Guglielmo.*)
GUGLIELMO:	Credetemi, che non ho mai dormito. (*Tutti si alzano.*)

SCENA DODICESIMA

Giacinta, Filippo, Fulgenzio, Leonardo e detti.

FILIPPO:	Siamo qui, scusateci, signora Costanza.
COSTANZA:	Padrone, signor Filippo.
VITTORIA:	Che nuove abbiamo, signor fratello? (*Con caricatura.*)

LEONARDO: Buonissime, signora sorella; domani di buon mattino partirò per Genova.

VITTORIA: Per Genova?

LEONARDO: Sì, signora.

VITTORIA: Solo, o in compagnia?

LEONARDO: In compagnia.

VITTORIA: Con chi, se è lecito?...

LEONARDO: Colla signora Giacinta.

VITTORIA: M'immagino che prima vi sposerete.

LEONARDO: Senz'alcun dubbio.

VITTORIA: E noi, signor Guglielmo?

GUGLIELMO: Va a Genova la signora Giacinta?

GIACINTA: Sì, signore, vo a Genova: per grazia del cielo, di mio padre, e dell'amorosissimo signor Fulgenzio. Vi stupirete tutti ch'io vada a Genova, tutti vi farete le maraviglie che in un momento mi sia lasciata condurre ad una sì violenta risoluzione. Confesso che il distaccarmi dalla mia Patria, che abbandonare quella persona ch'io amo più di me stessa... parlo di voi, caro padre, padre mio tenerissimo; ah! nell'abbandonare un sì caro oggetto mi si stacca il cuore dal seno, ed è un miracolo ch'io non soccomba. Ma lo stato mio lo richiede, la mia virtù mi sollecita, l'onore a ciò mi consiglia. Chi mi ascolta, m'intende. Voi, sposo mio, m'intendete; voi, che nelle contingenze in cui siamo, miglior destino non potevate desiderare. Partirò da una patria per me funesta, mi scorderò i miei deliri, gli affanni miei, le mie debolezze... Sì, scorderommi, voglio dir, l'ambizione, la vanità, il fanatismo delle mie superbe villeggiature. Se seguitata avessi la strada incautamente calcata, chi sa in qual precipizio sarei caduta? Cangiando cielo, si ha da cangiar sistema. Ecco il mio sposo, ecco colui che mi destinano i numi, e che mi ha accordato mio padre. Io farò il mio dovere, facciano gli altri il loro. Signor Leonardo, domani si ha da partire: voi avrete gli affari vostri da porre in ordine. A me pure non mancheranno le occupazioni, gl'impicci. Senza perdere molto tempo in cosa che si può far sul momento, alla presenza del padre mio, della padrona di questa casa, di tutti questi signori, vi esibisco la mano, e vi ridomando la vostra.

FILIPPO: Ah! che ne dite? Mi fa piangere per tenerezza. (*A Fulgenzio.*)

LEONARDO: Sì, adorata Giacinta, se il vostro genitor lo acconsente...

FILIPPO: Contentissimo, contentissimo.

LEONARDO: Eccovi la mano accompagnata dal cuore.

| GIACINTA: | Sì, anch'io... (Oimè! mi si oscura la vista, non posso reggermi in piedi). |

LEONARDO: Oh cieli! impallidite? tremate? Ah! quest'è segno di poco amore. Deh! se forzatamente vi uniste meco...

GIACINTA: No, forzatamente non mi conduco a sposarvi. Niuno potrebbe usarmi violenza, quand'io non fossi da me medesima persuasa. Scusate la debolezza del sesso, se non vi pare che meriti qualche lode la verecondia. Passar dallo stato di libera a quello di maritata non si può far senza orgasmo, senza una interna commozione di spiriti e di pensieri. Staccarsi tutt'ad un tratto un affetto dal seno per introdurne un novello, lasciar il padre per seguire lo sposo, non può a meno di non agitar un cuor tenero, un cuor sensibile e indebolito. La ragione mi scuote. La mia virtù mi soccorre, ecco la mano: son vostra sposa. (*Dà la mano a Leonardo.*)

LEONARDO: Sì, cara, io son vostro, voi siete mia. (*Dà la mano a Giacinta.*)

SCENA ULTIMA

Tognino e detti.

TOGNINO: Nozze, nozze, evviva: si son fatte le nozze. (Saltando.)

COSTANZA: Sciocco!

ROSINA: Ma via! Sempre lo mortificate. (*A Costanza.*)

LEONARDO: Signor Guglielmo, prima ch'io parta, mi lusingo che si stabilirà un po' meglio l'impegno vostro con mia sorella.

VITTORIA: Questa sera io spero che si sottoscriverà questa carta.

GIACINTA: A che servon le carte? A che servon le scritture? A null'altro che a intorbidar gli animi e ad inquietare. Volesse il cielo ch'io avessi sposato il signor Leonardo quel giorno medesimo che io mi sono in carta obbligata. Vari disordini sono nati, che non sarebbero succeduti. La signora Vittoria ha in deposito la sua dote; che il signor Guglielmo si ricordi de' suoi doveri, le dia la mano, e la sposi.

VITTORIA: Dormite, signor Guglielmo?

GUGLIELMO: Non dormo, signora mia, non dormo. Sono bastantemente svegliato per intendere gli altrui detti, e per conoscere i miei doveri. Sono un uomo d'onore; se tal non fossi, non avrei impegnata la mia parola. Merita lode la

signora Giacinta, meritano lode i di lei consigli; ho sempre ammirato la di
lei virtù, e per ultimo contrassegno della mia stima, eccomi, signora Vittoria,
eccomi pronto ad offerirvi la mano.

VITTORIA: Per la stima che avete di lei, non per l'amore che voi provate per me?

GIACINTA: Ha ragione la signora Vittoria, e mi maraviglia che siate così poco
compiacente...

GUGLIELMO: Non v'inquietate, di grazia; son ragionevole più di quel che credete. Signora
Vittoria, assicuratevi di avere in me un conoscitore del vostro merito, uno
sposo fedele, un rispettoso consorte.

VITTORIA: Tutto, fuori che amante.

LEONARDO: Finiamola con queste vostre caricature. O porgete ad esso la mano, o vi
metterò in un ritiro.

VITTORIA: Mi fa ridere il signor fratello. Signor Guglielmo, non forzata, come voi
parete di esserlo, ma del miglior cuore del mondo vi do la mano.

GUGLIELMO: E per mia sposa vi accetto.

VITTORIA: Abbiate almeno compassione di me. (*A Guglielmo, teneramente.*)

GUGLIELMO: (Io merito più compassione di lei).

TOGNINO: Nozze, nozze, dell'altre nozze. (*Saltando.*)

FILIPPO: Sì, nozze, nozze. E quando si faranno le vostre nozze? (*A Tognino.*)

TOGNINO: Sono fatte, le abbiamo fatte. Sì, sì, lo voglio dire, son maritato.

COSTANZA: Sciocco, imprudente, senza giudizio. (*A Tognino.*)

ROSINA: Sì, sì, non si può nascondere, si ha da sapere, ed ho piacere ch'ei l'abbia
detto.

GIACINTA: Compatisco la signora Costanza, s'ella desiderava di celare un maritaggio
che può essere criticato; e voglia il cielo che non si lagnino un giorno questi
due sposi, del comodo che ha loro offerto la troppo libera villeggiatura. Di
più non dico; so io qual piacere ho provato, e quanto caro mi costa il
divertimento. Lode al cielo son maritata; parto per Genova, e parto con
animo risoluto di non rammentarmi che il mio dovere. Desidero a mia
cognata quella pace e quella tranquillità ch'io bramo per me medesima.
Supplico il caro mio genitore amarmi sempre, benché lontano; e se non
fosse temerità in me soverchia, lo pregherei di regolare un po' meglio gli
affari suoi, e villeggiar con giudizio, e spendere con parsimonia. Ringrazio il
signor Fulgenzio del bene che dall'opera sua riconosco; e vi assicuro,
signore, che non me ne scorderò fin ch'io viva. Fo il mio dovere colla
padrona di questa casa; auguro ogni bene ai di lei nipoti. Riverisco il signor
Guglielmo. (*Patetica.*) Parto per Genova col mio caro sposo. (*Risoluta.*)

Prima di andarmene, mi si permetta rivolgermi rispettosa a chi mi ascolta e mi onora. Vedeste le *Smanie* per villeggiare. Godeste le *Avventure* de' villeggianti, compatite il *Ritorno* dalla campagna; e se aveste occasione di ridere dell'altrui cattiva condotta, consolatevi con voi stessi della vostra prudenza, della vostra moderazione, e se non siete di noi malcontenti, dateci un cortese segno d'aggradimento.

Fine della Commedia.